Jun-ichiro Izumida
&
Yukiko Muromachi
&
Akira Kishimoto

魔境の女王陛下

薬師寺涼子の怪奇事件簿

田中芳樹

KODANSHA NOVELS

講談社ノベルス

カバー&本文イラスト＝垣野内成美
カバーデザイン＝釜津典之
ブックデザイン＝熊谷博人・釜津典之
表紙デザイン＝welle design

目次

第一章　ある日、森の中で

I

夏すぎて秋来《き》にけらし雲の色　　総監

兇暴《きょうぼう》なまでのパワーで日本を灼《や》きつくした今年の熱波も、十月後半ともなるとさすがに息切れしたと見えて、街角には多少、すずしい風が流れるようになったらしい。

らしい、というのは、現在、私は日本にいないからである。つまり海外にいるわけだが、残念ながらロンドンでもパリでもない。ハワイでもバリ島でもない。ソウルでも上海《シャンハイ》でもない。広い広い広いユーラシア大陸のどこかである。山々と森と、小さな小さな田舎《いなか》町。頬《ほお》をなでる風は冷蔵庫から吹き出すみたいで、気温は五度C。三日前の東京の正午より二十六度Cほど低い。

「秋をとばして、いきなり冬かい」

溜息《ためいき》をつくと、顔のまわりに白い小さな雲ができた。

私の名は泉《いずみ》田《だ》準一郎《じゅんいちろう》、年齢は三十三歳、職業は警察官、より正確には警視庁刑事部参事官付の警部補である。

日本の警察も、冤罪《えんざい》の続発やら裏金の発覚やらで、組織としてはけっこう評判が落ちてしまったが、まだ「警視庁の刑事さん」といえば社会的な信用はあるだろう。しかし、こんな場所で警察手帳をひけらかしても意味がない。

背後から声がかかった。

「泉田クン、何たそがれてるの？　こんな雄大な風景のどまんなかで、下を向いてると、流刑囚に見えちゃうよ」

声の主は見なくてもわかるが、振り向かないわけにはいかない。

私の上司が、腕組みをして立っていた。姓名は薬師寺涼子《やくしじりょうこ》。性別は女性、年齢は二十七歳、階級は警視。いわゆるキャリア官僚で、知勇兼備、文武両道、おまけに絶世といってても過言ではない美貌《びぼう》の所有者である。人呼んで「ドラよけお涼《りょう》」。「ドラよけ」とはドラえもん、ではなかった、「ドラキュラもよけて通る」という意味になる。かてて加えて、巨大企業ＪＡＣＥＳ《ジャセス》の大株主で、オーナー社長の娘ときている。

会社の創立当時は、警備保障と探偵調査が二大業務だったそうだが、その後、「安全な社会、安心な人生」をキャッチフレーズに、どんどん業務を拡大していった。病院、老人ホーム、介護士学校、気象情報会社、防災・防犯グッズの製造販売会社、損害保険会社、女性専用マンション、女性護身術教室、コンピューター・セキュリティ会社など、その数も知れず。その勢力は広く海外にもおよんでいる。

おまけに警察官僚ＯＢを大量に再就職させているから、キャリアぞろいの上層部から、交番づとめのベテランおまわりさんまで、次期オーナーである涼子に頭があがらない。もちろん、陰《かげ》に陽《ひ》に足を引っぱろうとする者はいるが、ことごとく返り討ちにあって、地獄の底で、救済のクモの糸がおりてくるのを待っている。

かくして、「ドラよけお涼」は、いくつもの怪事件を強引に解決した功績をあわせ、警察内に隠然たる勢力を誇る身であった。

その涼子が問いかけてくる。

「ここがどこだか、わかってるよね」

「ロシア領シベリアの奥地です」

「シベリア全体から見れば、東のほんのはしっこよ」

「はあ」

「行政的には、シベリアじゃなくて極東連邦管区。そのなかのハバロフスク地方。山ひとつこえればサハ共和国」

「とても勉強になります」

「トゲのあるいいかただな」

涼子が不興げな目つきで私をにらんだ。

そんなもの毎度のことだ。

「いえ、一生こんな場所に縁ができるとは、思ってもいませんでしたので」

「人生と大自然には、どんなことだっておこりえるの」

「まったくですね」

九割以上は涼子のせいだと思うのだが、私は温厚な人間だから言葉にはしなかった。かわりに、ウェザージャケットの肩をすくめた。

「その恰好《かっこう》で寒くありませんか」

「べつに寒くないわよ。これ、アメリカ航空宇宙局《NASA》の宇宙服とおなじ素材でできてるから、断熱効果がすごいの」

透明ポリエチレンフィルム二枚、アルミニウムと不織布《ふしょくふ》を各一枚という四層構造で、身体が発する赤外線を反射するようになっている。したがって熱が外に逃げず、マイナス十度Ｃの気温でも、体感温度は二十三度Ｃなのだそうだ。

それはけっこうだが、必要以上にボディーラインが強調されていて、シルエットは水着姿とまったく変わらない。いちおう上に薄いブルゾンをはおってはいるが。部下としては、見れば怒られ、見なければ皮肉をいわれそうな気がして、どうにもおちつかない。

ＪＡＣＥＳは大震災の被災地に、この素材でつくられた防寒毛布を一万枚贈ったそうで、次期オーナーの本心が何であるにせよ、よいことである。浄水剤、栄養食品、乾電池、救急キットなども大量に送り、ボランティアの社員も送りこんだそうで、政府より早く仮設住宅まで建てたというから、企業イメージは大幅にアップし、次期オーナーの得意たるや思うべし、なのであった。

もっとも、公平にいうと、涼子は相手が強ければ強いほど意地が悪くなるから、ほんとうに弱い人やこまっている人たちに対しては、あんがい打算ぬきで親切にする。邪悪にふるまっても、張りあいがないのだろうか。

さて、美しいが邪悪な上司と私とが、ようやく爽《さわ》やかな時候になった（であろう）祖国を離れて、シベリアのはしっこで寒風にさらされているのには、もちろん理由がある。語っているうちに腹が立ってきて、体があたたまるような理由である。

四日前、金曜日のことだった。

警察官の休日は、毎週土・日曜とは決まっていない。四日出勤して一日休む、とか、六日働いて二日休む、とか、二十日つづけて勤務したあと、まとめて十日休暇をもらうこともある。休暇の間に呼び出されることも、もちろんあるから、楽ではない。

私の場合、役職上、現場に出て泥まみれになる、ということはない（はずである）。そのかわり上司のつごうにあわせて、やたらと呼び出される。呼び出されたあげく、「何しようか」といわれたことまである。迷惑な話だ。

私の上司は、つごうにあわせてハンマー投げ競技のハンマーのごとく部下を振りまわし、遠くへ投げとばすのだが、いちいち例をあげていると『南総里《なんそうさと》見八犬伝《みはっけんでん》』より長くなるからやめておく。でもって、その上司にも上司がおり、人もうらやむエリート警察官僚、であるはずなのだが、ヨコガミヤブリの部下のために管理能力を問われる身だ。

迷惑なのは、刑事部長に呼び出されるたびに、いちいち涼子がオトモをつれていくことで、たまには大ベテランの丸岡《まるおか》警部が選ばれることもあるが、ほとんどは私がオトモをおおせつかる。

四日前もそうだった。刑事部長はなるべく涼子と視線をあわせないよう苦労しながら、どちらかというと私に問いかけた。

「日下公仁《くさかきみひと》を知っとるね？」

私が即答しないでいると、涼子が、えらそうに命じた。

「お答えしてさしあげなさい、泉田警部補、部長の御下問よ」

直接の上司にいわれたので、私は、僭越《せんえつ》にも、警視長の階級を持つ人に直答した。

「もちろん存じております」

「ふむ、まあ、問うまでもなかったな」

日下公仁。ずいぶん上品げな名前だが、実際に名家の出身である。お坊ちゃま学校として有名な湘南《しょうなん》大学を卒業し、父親の経営する不動産会社に取締役として入社した。社員たちは彼のことを「若君《わかぎみ》」と呼ばされた。

そこまでならどうということもない。お気楽な人生だったが、その後、彼の名は、すべての警察官とほとんどの日本人に知れわたることになる。おぞましさに眉《まゆ》をひそめ、身ぶるいしながら。

「で、あの変態殺人鬼がどうしましたの？　まさか逮捕されたとか」

「いや、残念ながら……」

「でしょうねえ。それほどマヌケな男なら、とっくに『死刑囚』の肩書《かたがき》がついてるでしょ」

自分の属している組織に対して、涼子はかなり失礼な発言を連発したが、刑事部長は聞こえないふりをした。彼のようなエリートでも、私のようなしがないノンキャリアでも、対処法は似たようなものである。

日下公仁は、涼子と部長との対話からおわかりのように、未逮捕の殺人鬼である。もし彼を逮捕できないままに終わったら、日本警察の威信も名誉も栄光も、すべてお笑いのネタにされてしまうだろう。

日下は父親から何億円かの生前贈与を受けると、さらに父の名を利用して、投資基金《ファンド》を設立した。こういう事業は、たいてい失敗するものだが、日下は金融工学とやらについては非凡な才能があり、五年間で何百億円という利益をあげたのだ。

「金融工学って、いまだによくわからないんですが、結局、どんな学問なんです？」

「学問なんてもんじゃないわよ。インチキ賭博《とばく》の必勝法に数学を悪用したシロモノ。詐欺の体系化。腐敗してハエのたかる、資本主義のなれのはてね」

「はあ」

どうせ投資するカネなんかないから、どうでもいい。それに日下は投資で失敗したわけではない。罪状は殺人である。

これまた詳述すると『太平記《たいへいき》』より長くなるが、日下が豪華クルーザーで優雅にカリブ海をクルーズ中、麻布《あざぶ》にある彼の豪邸にあたらしいメイドがはいった。というと、あらぬ想像をされそうだが、メイド歴四十年というベテランの女性である。彼女はプロ意識が強く、隅から隅まで掃除してまわったのだが、地下室の壁にかけられた俗っぽい富士山《ふじさん》の絵が額ごとななめにかたむいていたので、わざわざ椅子《いす》を持ってきてその上にのぼり、角度をなおした。とたんにセンサーがはたらいて壁の一部がスライドし、のぞきこんだ彼女は腰をぬかして床にころげおちた。

腰をぬかすのも当然だった。十五畳大ほどの秘密室には十一体もの遺体がならんでいたのである。完全に白骨化したものから、腐敗がはじまったばかりのものまで。

警察が踏みこむと、出るわ出るわ、血に染まったロープ、ペンチ、ナイフ、女性の衣服、切り落とされた指、金鎚《かなづち》で頭蓋骨《ずがいこつ》に釘《くぎ》を打ちこまれた遺体……。核シェルターをよそおった地下室は、凡人の地獄であり、殺人淫楽者《いんらくしゃ》の天国だった。

警察はただちに日下に対して逮捕状をとったが、どのように察知したか、ジャマイカの首都キングストンに寄港したクルーザーに、日下の姿はなかった。スイスや英領バージン諸島の銀行から、合計三千万ドルの預金が引き出されていた。もちろん国際手配がなされたが、日下の行方は、杳《よう》として知れないままである。

II

刑事部長は、ひとつせきばらいすると、重々しく告げた。

「その日下が、ロシアにいるという情報がはいったのだ」

「ロシアあ!?」

涼子と私は、つい合唱してしまった。カリブ海で姿を消した日下が、南米諸国のどこかに潜んでいるというなら、まだ話はわかるのだが。

当然の質問を、涼子が発した。

「何でまたロシアに？」

「本人の話は聴いとらんからな、まあ推測するしかないんだが……」

部長の話によると、日下は、ロシアの新興財閥と手を組み、日本に近いシベリア極東地方の経済開発を進めようとしていた、という。膨大な天然ガス、石油、レアメタル、黄金の探査と採掘。富裕な中国人たちを顧客とする冬季リゾートの建設……。

ロシアの政情も、これまで圧倒的な権勢を誇っていた大統領が、あいつぐスキャンダルで凋落《ちょうらく》し、反比例して首相が力を伸ばし、新興財閥は不正行為をかさねて民衆の反感を買い、アメリカやヨーロッパ諸国はリベラル派を支援し、保守派はそれに反発し、地方の独立運動過激派はテロをおこす。加えて、世界に名だたるロシアン・マフィア。領土や軍事力では超大国であっても、いわば傷だらけの恐竜で、その傷口のひとつに日下公仁という名の細菌がもぐりこんでも、不思議はない。

しかしそれにしても……私が内心で首をかしげていると、涼子は部長に微笑を向けた。

「わかりました。ではただちにモスクワへ飛ぶことにいたしますので手配を……」

「あ、いや、わざわざモスクワまでいかんでいい。何せ遠すぎるし、予算もないのだ」

「特別会計《ウラガネ》はございますでしょ？」

「あれは前の長官がつぎの総選挙で立候――いや、なに、この長びく不況、予算の削減で、警察のフトコロもさびしいのだ」

「へーえ、昨晩、幹部どもが赤坂《あかさか》で、ひとりあたま三万円のフレンチ・コースを食べたくせに」

「な、何で知っとるん……いや、ありゃあただの親《しん》睦会《ぼくかい》だ。警察に協力的な文化人の方々をお招きしてだな……」

「そんなことより」

と、涼子は冷然と話題を転じる。

「そもそも、日下に関する情報の出処《でどころ》はどこですの？」

「ハバロフスク駐在の総領事館だ。だからロシアといってもシベリアのほうなんだ」

「信用していいんですの？」

これまた失礼な言種《いいぐさ》である。

「総領事館に情報をもたらしたのは、ハバロフスク地方の知事なんだ。彼は反大統領派で親日派でもある。日本とのコネクションを売り物にして、もっと上をねらっとるんだよ」

そのあと三十分ほど会談がつづいて、結局、涼子は、ロシアへいくようにとの部長の指示を諒承《りょうしょう》した。部長はよほど安堵《あんど》したのか、涼子が私をしたがえて部屋を出るとき、わざわざ扉口まで立って、私たちを満面の笑みで送り出した。バンザイ三唱しなかったのが不思議なくらいである。

部長室を出て廊下を歩きながら、いちおう私は忠実な部下として意見してみた。

「あんな漠然とした話で、何もシベリアまで出かける必要はないでしょう？　のこのこロシアへ出かけたあとで、ハシゴをはずされたりしたら、たまったもんじゃありませんよ」

「あいつらが、あたしのハシゴをはずすって？」

涼子は、せせら笑いまで艶麗《えんれい》である。

「はずせるものなら、はずしてごらん。二階からとびおりて、やつらの顔面にハイヒールで着地してやるから」

涼子ならみごとにやってのけるだろうが、私としては不審と危惧《きぐ》をぬぐえなかった。

「思想犯じゃないとしても、相手がロシアなら、公安部が出しゃばってきそうなものです。それとも警察庁の組織犯罪対策部かな。だいたい私たちにロシア国内での捜査権なんかありませんし、先方が逮捕してくれて、それを引き取りにいくというなら話はわかりますがね」

「ただ引き取りにいくなんて、そんなつまらない仕事、こっちから願いさげよ。モンクいわずについておいで。どんどん事を大きくして、君にも愉《たの》しませてあげるから」

「遠慮します」

「うるさい、とっととパスポートを用意するのよ。それとも日下を逮捕したくないの？」

「そりゃこの手で逮捕できるものなら……」

「でしょ？　だったらさっさとおし！」

こうして私たちは、東京から新潟まで新幹線に乗り、新潟から空路でハバロフスクに到着した。そこで日本の総領事に面会しようとしたら、何と、不在であった。関連資料を置きっぱなしにして「重大な用」で出かけたという。

激怒した涼子は、領事館員の襟首《えりくび》をつかんで詰問した。

「どんな用で、どこへ出かけたの!?」

「国家の機密です――外交上の秘密です」

機密を口実にしかけた領事館員は、涼子の視線の直撃を受けると、あっさり守秘義務を放り出し、最重要人物がウラジオストク経由でハバロフスクに来るので出迎えねばならぬ、と告白した。その名は島《しま》倉剛夫《くらたけお》。

肩書ときたら、参議院議員、関東《かんとう》電力株式会社社会長。日本電力産業連盟会長。日本大企業連合副会長。世界原子力連盟副会長。愛国《あいこく》学院大学理事長。日本核エネルギー研究開発機構総裁……まだまだあったが、私にはもう充分だった。

「はーあ、雲の上の人ですね。近よるだけでもおそれおおい」

「そうでもないでしょ」

「は？」

「あたしなんか雲の上の存在だけど、君、平気でつきあってるじゃないの」

平気でもないし、つきあっているわけでもない。ただ、たしかに雲の上の存在ではある。本来なら、ノンキャリアの私など、彼女を遠くからながめるだけだろう。雲上人のほうからなぜか近づいてくるのだから、逃げることもできない。

「とにかく現地にくわしい者を、ひとりガイドにつけますので、奴隷と思って使ってください」

「では私どもはいそぎますので、あとは、万事その男に」

ふたりの外交官は、あたふたと魔女の怒りの鋒先《ほこさき》から逃げていった。

イケニエとして差し出された領事館員は、現地採用のロシア人で、アレクサンドル・アレクサンドロヴィッチ・ペトロフスキーという、何だかりっぱな名前の持ち主だった。三十代半ばというところで、丸顔の、東京の街角にいくらでもいそうな感じの男である。

「ワタシの母、ブリヤート族ですね。であるからして、ワタシ、半分はアジアの人です。名前長いから、ペトさんと呼んでください」

いちおうきちんと通じる日本語で、そうあいさつした。防寒帽をとると、三十代とは思えないりっぱなハゲ頭で、

「これ、残念ながら父親からの遺伝です。ワタシの父親、よくユル・ブリンナーとまちがえられました」

やたらと昔の国際スターの名を持ち出してきた。ほんとかかね。

「ロシア、景気いいといっても、一部の人だけですネ。とくに東の方は、人口もへる、シューショク先もない、何か問題おこしたら、ワタシ領事館クビになって、一家六人、路頭にまようです。ですからして、問題おこさないでください」

ていねいに一礼すると、新鮮なリンゴみたいに、つやつやと頭が光った。もういちど笑顔を向けると、ペトロフスキー氏は、帽子をかぶって部屋を出ていった。

「ああいう無害そうなのにかぎって、秘密警察の手先だったりするのよね」

涼子の台詞《せりふ》は、かならずしも妄言とはいえない。国際政治だの外交戦略だのの裏面は、しばしば、三流劇画の世界よりくだらないし、下品だ。だいたい国家機密と呼ばれるものの九十九パーセントは、政府のウソと血税の流用の隠蔽《いんぺい》なのだ……。

「そこまで考えてませんよ！　耳もとで変な台詞《せりふ》をささやかないでください！」

「ささやいてないわよ、テレパシー、テレパシー」

「あなたに発信能力があったとしても、私には受信能力がありませんから」

私としては、そこそこ気のきいた冗談で反撃したつもりだったのだが、涼子はなぜか本気で私をにらみ殺すような目つきをした。

「ほんとに修業がたりないんだから」

「すみません」

「その態度が気にくわない！　とりあえずあやまっとけばいいだろう、と思ってるだろ!?」

涼子の指摘は正しい。とりあえず形だけあやまっておこう、という私の態度は、あまり誠実とはいえない。しかし、それならいったいどうすれば上司のお気に召すのだろう……。

とにかく私たちはハバロフスクを離れて、さらに北にやってきた。知事にも市長にも面会できなかったが、いくらかの資料は、自称「ユル・ブリンナーのそっくりさんの息子」が持っていて、日下らしい男はスタノヴォイ山中のソビエト連邦時代の秘密都市にひそんでいるというのだ。

「ソ連時代の秘密都市で、いまだに位置が確認されてないのが十五ヵ所もあるというけどね。数自体あてになりゃしないし」

「現在のロシア政府がまだ隠してるんですか」

「とはかぎらない。ロシア政府も存在を知らないのかもしれない。いちおう知ってるけど、めんどくさいので放置してあるのかもしれない。維持するにしても、撤去するにしても費用がかかるしね」

「そんな無責任な」

「日本にもあるでしょ、つくりかけのまま放置してあるダムやら高速道路がさ」

「まあたしかに……」

「廃村ツアーだの廃墟《はいきょ》ツアーだのを商売にしてる会社もあるくらいだから」

「JACESの子会社ですか」

「何で知ってるの？」

「いえ、先進的な企業グループですから、そういうのもありかと思っただけです」

「ふうん」

涼子が意味ありげな目つきをした。

「何なら泉田クンを副社長にでもしてあげようか」

「けっこうです」

「何いってるの、ゼイタクな。日本はこれから何十年か、就職先があるだけでありがたいという、暗い暗い時代になるのよ。しかも重役にしてあげるというのをことわるなんて、バチあたりってもんよ」

たしかにバチあたりかもしれないが、そんな暗い時代に、廃村ツアーなんて商売がつづけられるものだろうか。

「警視！　警部補！」

太い男の声と、若い女性の高い声がした。きっちり防寒衣を着こんだ大男と、その半分ぐらいの大きさにしか見えない若い女性が近づいてくる。

Ⅲ

貝塚《かいづか》さとみは優秀な警察官だが、外見はそのあたりの女子高校生と変わらない。一年生といっても通るくらいで、私服のときに同業者から補導やら職務質問やらを受けたこと、数知れず。

阿部真理夫《あべまりお》も優秀な警察官だが、こちらの外見も職業とは縁が遠い。悪役プロレスラーとか、社会秩序に対してアグレッシブな人物とかに見える。

これまで自分のことしか語ってこなかったのを、私は恥じなくてはなるまい。私以外にふたりも、薬師寺涼子のおトモとしてシベリア行きをおおせつかった人物がいるのである。

それが阿部巡査と貝塚巡査で、ハバロフスク行きの飛行機が満席だったため、一便おくれて、ここまでやって来たのだった。

ひとしきり挨拶《あいさつ》がすむと、地図を開いて今後の相談になる。ずいぶんおおざっぱな地図だし、GPSも通じないから、たよりないことおびただしい。

「ソ連の時代には、ウソだらけの地図がつくられていましたからね。軍事基地や強制収容所の正確な場所がわからないように」

「まあ昔の日本にも、『地図にない島』とか『都心の空白』とかがあったわけだしね」

ソビエト連邦にかぎらず、軍事国家というものは、膨大な軍事機密をかかえこみ、その重さで崩壊してしまう。太平洋戦争のとき、日本では、天気予報が禁止されていた。天気が晴れ、となれば、アメリカ軍の爆撃機が攻撃してくるかもしれない。重大な軍事機密を洩《も》らすな、というわけである。

私は窓の外に視線を送った。薄く汚れた窓ガラスの向こうに、青灰色《せいかいしょく》の山なみが見える。スタノヴォイ山脈だ。中国語では外興安嶺《がいこうあんれい》。清《しん》帝国の最盛期には、あの山脈が中国とロシアの国境だった。ネルチンスク条約とか愛琿《アイグン》条約とか、世界史の授業で習ったおぼえがある。正確さはおぼつかないかぎりだが。

涼子も山脈を見やった。

「二千メートル級の山が算《かぞ》えきれないほどあるけど、ほとんど登攀《とはん》されてないらしいわ」

そういえば、ロシアはスポーツ大国だが、ロシア人の登山家というのは、あまり聞かない。自国内に高い山なんてないのに、わざわざ海外まで出かけて登山するのはイギリス人だ。自分の国にないから、ヒマラヤやアルプスにあこがれるのだろうか。

いや、国民性の比較などしている場合ではない。算えきれない未踏峰《みとうほう》の間、先住民族もはいりこまないような場所に、旧ソ連の秘密都市がかくれているとすれば、捜索中にばったり出くわす可能性だってある。スタノヴォイ山脈はロシアでは小さい山々だが、面積は日本の本州の半分くらいあるのだ。薬師寺涼子とその一味（？）が山中にはいったまま出てこなかったら、日本警察の上層部《おえらがた》がさぞ大よろこびするだろう。

日本は細長い島国だから、海から遠い山奥といっても、大陸とくらべれば知れたものだ。日本でもっとも海から遠いのは長野県の佐久《さく》市のあたりで、太平洋からも日本海からも、百十五キロほどだという。

一方、私たちが現在いる土地は、オホーツク海から七百キロ、北極海から千八百キロぐらいだそうだ。

「で、あたしたちがいるこの町の名は？」

「ええと……」

あわてて私は貝塚さとみを見やった。貝塚さとみは指先でタブレットを操作した。

「ええと、トロイ……トロイツコペチョルスク・ナ・ウリヤフアルダン、だそうですう」

「そらでいえるもんじゃないわね」

舌打ちした涼子は、腕時計をのぞきこんだ。

「君たち、どこかそのへんの店で昼食でもとってなさい。あたしはペトロフスキーのおっさんと話があるから」

「わかりました」

単独行動は何かとまずいと思うが、いって諾《き》くような女《ひと》ではない。上司を見送ってから町を歩きはじめたが、たちまち行動に窮《きゅう》した。看板が読めないのだ。

ロシア文字、あるいはキリル文字と呼んでもいいが、発音も意味も、私にはさっぱりわからない。

「やっぱり外事のやつらが出張《でば》ってくるべきだったよな。あいつら、外国語でメシ食ってるんだから」

「ここが香港《ホンコン》だったら、わたしもすこしはお役に立てるんですけどお」

申しわけなさそうに、貝塚さとみは首をすくめた。

「べつに貝塚くんのせいじゃないさ。ま、シベリアが香港領だったらよかったのに、と思う日が来るとは想像もしなかったがね」

文字が読めない、とは、何とも心細いことである。店々の半分は閉鎖されたままで、開いている店も内部が薄暗い。路上の人影といえば、頭部にスカーフを巻いてうつむきながら歩く老婦人とか、古ぼけた電柱に寄りかかってタバコをくわえ、うさんくさそうに外来者をながめる労働者ふうの中年男とか、いずれも日本語など通じそうにない。と、突然。

「あー!」

三本の指が、同時に、一ヵ所を指さした。何の変《へん》哲《てつ》もないペンキ塗りの小さな家だが、看板が出ていて、その文字が、三人とも読めたのである。

「洪家菜館《ホンチャツァイカン》」

漢字の看板だった。

「中華料理の店だよな」

「ですよねえ」

「こんなところに、よくもまあ……」

菜館とあるからには食堂にちがいないが、こんなシベリアの辺地にまで堂々と漢字の看板をかかげて営業している中国人のバイタリティにはおそれいる。

私、貝塚さとみ、阿部真理夫の順で、三人の日本人は店にはいった。ふらふらと、漢字の魔力に引きずられるように。

声を出して呼ぶまでもなく、ひとりの女性が私の眼前に立ちはだかった。

中国人の女性には見えなかった。金髪で褐色の瞳である。ずいぶん大柄な女性で、身長は薬師寺涼子とおなじくらい、体重は五割増しというところ。不美人ではないが、迫力のほうがまさる。

「こ、この女《ひと》が料理人でしょうかね」

阿部巡査が問い、私が「さあ」とおそまつな答えをしたとき、大柄な女性が早口で何かどなった。

男の顔が出現した。女性の肘《ひじ》のあたりから横になって。女性のうしろに立っていたのだが、小柄なので、全身が隠れていたのである。月餅《げっぺい》みたいに丸い顔、細長い眼、黒い髪。欧米人の描くマンガに登場するような中国人だった。しかも腰にエプロンをつけている。

「やった、呂芳春《ルイ・ファンチュン》、君の出番だ」

貝塚さとみが進み出た。彼女は香港《ホンコン》の大ファンで、呂芳春という異名まで名乗っている。彼女は喜々《きき》として、中国人らしき男に話しかけたが、ほどなく失望の表情をつくった。

「だめです、この人、広東《カントン》語じゃありません」

「それじゃ北京《ペキン》語？」

「いえ、どうも東北《トンペイ》地方の人らしいですう」

それじゃおなじ中国語でも、なかなか通じない。

「筆談してみますかあ？」

呂芳春がいったとき、男は愛想よく笑って、右手を差し出した。「菜単《メニュー》」と、赤い表紙に書いてある。私たちは窓辺の席に案内された。

まず巨大な皿に、山盛りの水ギョウザが運ばれてきた。立ちのぼる湯気が、たまらない匂《にお》いを運んできて、日本人たちはあっというまに食欲中枢を征服されてしまった。古ぼけたテーブルも、黄ばんだテーブルクロスも気にならない。

料理は、つぎつぎに運ばれてきた。シベリアの食材は香港にくらべて貧弱だが、それでも、鮭を唐揚げにして野菜の餡《あん》をかけたものとか、ジャガイモを細切りにしてパプリカで味つけしたものとか、苦労と工夫《くふう》がうかがえた。そこへドアをあけて上司がはいってきた。

「ふふん、やっぱりここにいたか」

IV

「こちらから連絡しないのに、よくここがわかりましたね」

涼子は私のおどろきなど意に介しなかった。

「漢字の看板と、中華料理の匂いに、日本人が抵抗できるわけないもんね。香港ならともかく、シベリアのはしっこで」

突然、大声がとどろいた。店の女主人がたくましい両腕を大きくひろげた。

「リョーコ！」

「タマラ！」

仰天《ぎょうてん》する日本人たちの前で、薬師寺涼子は、ロシア人の女性に抱きすくめられた。同性どうしのキスはロシアでは普通のことだ。私はペトさんが日本人の常識にしたがってくれたことを、心から感謝した。

「お、お知りあいだったんですか」

「リヨンでね」

私は諒解した。涼子はフランスのリヨンにある国際刑事警察機構本部《インターポール》に三年間、出向していた。大柄なロシア女性、タマラ・フョードロヴィナ・パラショフスカヤもおなじ時期、インターポールにいたのだという。

「じゃ、彼女、ロシア警察のエリートだったわけですね。それがどうしてこんな……」

さびれた辺境の村にいるのだろう。タマラのかわりに涼子が答えた。

「見切りをつけたのよ」

タマラ・フョードロヴィナ・パラショフスカヤは、腐敗が横行する警察組織にいや気がさし、自分の能力を生かすことも、出世する機会もないと看《み》てとって、辞表を提出した。故郷のハバロフスクに帰ったが、好ましい就職先もなかったので、起業することにしたのだという。

商品となったのは水である。

「ここの水源地からは、一年間に、二リットルのペットボトルにして五千万本分のミネラルウォーターがとれるのよ。タマラはそれを中国人の富裕層に売りつけるつもりなの。一本一ドルとして、年商五千万ドルになるわね」

「大富豪ですね」

「たいした商才でしょ」

「というより、知恵をつけた人がいるんでしょう？」

返事がない。

「知恵だけでなく、資金も出したんじゃないですか、その人は。何かねらいがあって……」

「ふん、貸しをつくって恩に着せるのは、資本主義社会の鉄則よ」

ＪＡＣＥＳ《ジャセス》の触手は、ロシアにも伸びつつあるらしい。日本とロシアの間には、さまざまにめんどうな外交上の問題があって、日本人が直接、事業をおこなうのはむずかしい。そこでタマラが涼子の代理人として動いているというわけだろう。

涼子とタマラが共通言語のフランス語で会話している間、私はペトロフスキー氏の話を聞いた。

「ここはたしかにロシアですけんど、チェルノブイリよりフクシマのほうがずっと近いんですだから」

ペトロフスキー氏はそういって、フクシマの原子力発電所の事故について知りたがった。たいしたことは教えてやれなかった。だいたい私たち日本国民だって、精確《せいかく》なことは知らせてもらえないのだ。彼には悪いが、話をそらせることにした。

「ハバロフスクの総領事館では、何かおもしろい話を知りませんか」

「はあ、でもワタシは下っぱですし、べつに機密も知らず、雑用ばかりですから、あんまり関係ないですネ」

現地採用のロシア人なら、たしかにそうだろう。

それにしても、今回、変なことが多すぎる。日下の所在についてもいいかげんだが、そんないいかげんな情報にもとづいて国外出張が命じられ、また涼子が唯々《いい》としてそんな命令を受けたのが「変」をきわめている。蹴《け》とばしてやっていいはずなのに。

ふと、私はひとつの解答を見出したように思った。タマラとの会話をひと段落させた涼子に問いかけてみる。

「警視、日下でなくても、やつの関係者をつかまえて、何か警察にとってつごうの悪い事実をつかむつもりでしょう!? いろいろミスをやらかして、口をぬぐってるから、知られちゃこまることがいくつもあるでしょうからね」

「ま、八十点というところね」

「二十点の減点は何ですか」

「事実でなくてもいいのよ」

「は？」

「疑惑で充分なの。そうしたら、あたしがいくらでも手を加えて、事実にしたててやるから」

「ちょ、ちょっと待ってください」

涼子は私を無視して、またタマラに話しかけた。タマラも答える。フランス語の会話だから、なさけないことに、私はとりのこされた。後で涼子から聴くと、こんな会話だったそうだ。

「ヘリか四輪駆動車を調達してくれる？」

「何とかするわ、おカネさえあれば」

「ああ、おカネの心配はいらないわ」

涼子はオウヨウにうなずいた。

「ハバロフスクの日本総領事館がきちんと支払うから。腐って糸をひいてても、まだまだ世界第三の経済大国だからね」

「そうね、それじゃ第四に落ちないうちに動くとしようか」

タマラが出ていくと、涼子は私に話しかけた。

「ねえ、総領事館のやつら、どちらを選ぶと思う？ 自分のフトコロを痛めるわけでもないおカネを出すのと、ちょっとした仕返しをされて人生を棒に振るのと」

「前者でしょうね」

「ちょっとした仕返し」で人生を棒に振るのは、私だってごめんだ。ただ、外務省のお役人は、警察関係者ほど涼子のおそろしさを知らないだろうが。

「で、見つけたら逮捕するんですか」

「逮捕するのは、あくまでもロシアの警察。民警ってやつね。あたしたちは、立ちあって見とどける」

「立ちあうためだけに、シベリアの奥地まで来たことになりますね」

「はしっこよ。ほんのはしっこ」

ロシアみたいな大陸国家の基準では、はしっこというんだろう。あいにくと私は、せまくるしい島国で生まれた人間だから、大陸的スケールとは縁がない。もっとも、今後の人口減少におびえるという変な時代だが。

「だいたい、わざわざ立ちあわなくても、ロシアの民警がきちんと逮捕してくれるんじゃないですか。べつに日下は政治犯ってわけじゃなし、純然たる殺人者なんだから、かばう理由もない」

「そりゃかばいはしないでしょうよ。だけど、そう熱心に、本気で逮捕にとりくむとも思えないわね。ロシア国内で罪を犯したわけでもなし。シベリアの奥地を形だけ捜索して、ほっとくでしょうよ」

「はしっこじゃなかったんですか」

「君、上司のあげ足とるの？」

「あなただって、いつもやってるじゃありませんか」

と反論する勇気は私にはなく、肩をすくめて恭《きょう》順《じゅん》の意をあらわした。

私はふと日本のことを考えた。やっと涼風が吹くようになった東京都千代田《ちよだ》区霞《かすみ》が関《せき》では、刑事部長が上サンマ定食など食《しょく》しながら、

「ドラよけお涼がシベリアの奥地に消えて、二度と帰ってきませんように」

と、サンマの神サマにでも祈っているかもしれない。その気持ちはわからないでもないが、巻きぞえをくうのは私だから、同調はできないのだ。

どう話が決まったのか、私たちは洪家菜館を出て、わびしい通りを三分ほど歩いた。古い木造だが、緑のペンキだけがあたらしい二階家が町役場らしかった。そのとなりに、タマネギ形の屋根をのせた、小さなロシア正教の教会がある。

ロシアには、独特のデスクの置きかたがあるのだそうだ。部屋の一角を背にして、部屋全体としては四十五度の角度でななめに配置する。部屋の主の威厳を高めるためか、安全性を配慮したのかは、よくわからない。

とにかく、デスクに着いていた町長は、立ちあがって涼子をむかえた。両腕をひろげてハグしようとしたが、涼子がつんとして一歩さがり、右手を出したので、ちょっと悲しそうに握手する。

「クラスィーヴィ」

とかいう言葉がくり返し聞こえたが、後で涼子が説明してくれたところによると、「美しい」という意味だそうだ。ハグを拒《こば》まれたので握手にとどめはしたが、町長は必要以上に長い時間、涼子の手を熱心につかんでいた。タマラの通訳で、また何か私の知らないことが決まったようだった。

V

ロシア正教の教会には、立体的な像が置かれていない。かわりに聖画《イコン》が飾られている。大小何十枚もの聖画が壁面をうめつくし、それでもたりず、写真立てやら人形やら彫像やらが、床もテーブルも占領している。

色彩は、黄金や赤や紫で、空白というものがない。日本人の感覚からすると、ごてごてして見えるが、これはよけいなお世話というやつだろう。宗教ごとに、それぞれ信仰のあらわしかたがある。

阿部巡査が宗派をこえて一同の無事を祈ってくれたので、異教徒である私たちも、とりあえず手をあわせて敬意を表した。

寺院を出ると、何か丸いものがころがってくるのが見えた。自称「ユル・ブリンナーのそっくりさんの息子」である。ペトロフスキー氏は、息を切らしながら、涼子の前で最敬礼した。

「いや、どうも、こまったことになりましタ。ハバロフスクかコムソモリスクから応援が来てくれるはずだったですけんど……」

ペトロフスキー氏は、早口でしゃべりたいのだろうが、彼にとっては外国語である日本語を使うので、ゆっくりした口調である。

「モスクワの地下鉄で爆弾テロがおきて……」

三十人あまりの犠牲者が出たという。

「こんなシベリアのはしっこで、何か外国人の犯罪者が出たらしい、なんて話は、だれも気にとめてくれんですネ」

「それじゃ、応援はあてにできないってわけね!?」

「それどころでないありますね」

たしかに、それどころではないだろう。テロの犠牲者たちには気の毒だが、モスクワの当局者たちの手が東まで伸びないとしたら、薬師寺涼子の行動は自由度をます。すくなくとも、本人はそう解釈してニンマリとするはずだ。

「わかった、テロリストどもにモンクをいってもしようがないわ。手持ちの戦力で動くことを考えましょ。ペトさん、君、先住民の言葉はしゃべれる？」

「はあ、いえ、できません」

というわけで。

先住民の言葉からロシア語へ、ロシア語から日本語へ、という二重通訳が必要になり、そういう人材をさがすため、ペトロフスキー氏はまたころがっていった。

「このあたりの森にはいるなら、エベンキ族とかオロチョン族とか、そういった人たちの言葉がわからないと、どうしようもないからね」

「何だか伝言ゲームになりそうですね。だいじょうぶですか？」

私がいうと、涼子は「そういえばそうね」と舌打ちしたが、

「ま、ハバロフスクまでもどったら、領事館員どもを後悔させてやるわよ。あたしたちに最大限のサービスをしなかったことをね」

「あの連中、いまごろ日本からのＶＩＰに最大限のサービスをしてるんじゃないですか」

「ウラジオストクから来たやつね」

「妙な経路で来るもんですね」

「昔はちっともめずらしくないわよ」

「へえ、そうなんですか」

良くも悪くも、第二次世界大戦前の日本は、アメリカよりユーラシア大陸と深く結びついていたのだそうだ。ヨーロッパへ出かける人は、敦賀《つるが》や舞鶴《まいづる》といった日本海側の港から船に乗ってウラジオストクに上陸し、シベリア鉄道に乗りこむ。あるいは、長崎からこれまた船に乗り、上海、香港、シンガポールなどの港を経由してスエズ運河に向かう。

「飛行機の旅」

というのが存在しなかった時代のことではあるが、日本海側こそが旅行や流通の表玄関だったの

だ。

「そんなことより、泉田クン、ちょっと森を歩いてみようか」

阿部と貝塚の両巡査には、洪家菜館で待機しているよう指示して、涼子と私はぶらぶら歩き出した。百戸ほどの小さな集落を離れると、すぐタイガと呼ばれる森林地帯だ。そのことでペトロフスキー氏と話したことがあった。

「タイガってのは、針葉樹だけかと思ってました」

「広葉樹のタイガもあるですヨ。このへんだとドロヤナギですね。針葉樹のタイガには、ダニも蚊もいないけど、広葉樹にはいるから気をつけてください」

なぜ針葉樹のタイガに蚊やダニがいないのかというと、樹から発散される殺虫成分のせいらしい。

「この殺虫成分だって、きちんと薬品化すれば、けっこう人類の役に立つわね」

「薬品化でなく、商品化でしょ」

「おなじことよ。ほんとコマカイことを気にする男ねえ」

広葉樹のタイガは葉が落ちて、あんがい明るい。それが針葉樹に変わると、もう上り道になる。標高千三百メートルくらいから上は永久凍土《ツンドラ》だ。空に何かの鳥が舞っているが、無学な私には何の鳥か見当もつかない。樹々の間から、渓流らしい水音が聞こえる。

枯葉を踏むのは気持ちよさそうだが、乾いていればの話で、このあたりは土がずいぶん湿っていた。

涼子の足どりは、銀座《ぎんざ》や六本木《ろっぽんぎ》を闊歩《かっぽ》しているときと、ほとんど変わらない。泥濘《でいねい》も水たまりも、彼女のブーツの下では、貴人用のカーペットさながら、唯々《いい》として踏みつけられているように見える。凡人である私は、ブーツを汚しながら、何とか上司についていった。

二十分ほど歩くと、涼子は、たっぷりソファー一個分の広さを持つ平たい大きな岩を見つけて、かろ

やかに腰をおろした。私が傍《そば》に立つと、

「ボーッとしてないで、君もおすわり」

との御下命である。

私は一礼して命令にしたがった。すると、今度は御下問である。

「すこしだけど、歩いてどう思った、泉田クン？」

「はあ、たしかに、車がないと無理ですね」

「わかった？」

「身にしみてわかりました」

「これからは、先見の明のある上司をタイセツにするのね」

もっともだが、どうも胃のあたりをモヤモヤと、ガス状の生物がうごめいている気がする。「不吉な予感」とか「名状しがたい不安」とか、「後になって思えば」とか、そういう名前がついたやつだ。

というと、何だか私に特異な能力があるかのようだが、残念ながらそうではない。薬師寺涼子のいくところ、かならず、そよ風は暴風となり、小雨は豪雨となるからだ。経験則でしかないが、刑事部長ならたぶん理解してくれるだろう。

森林を走行できる車の必要性がわかったので、私たちは村へ帰ることにした。岩から立ちあがったとき、興奮した人声が聞こえた。

三十分後、涼子と私を迎えるために、洪家菜館から飛び出してきた阿部と貝塚の両巡査は、そのまま立ちすくんだ。十人ばかりの先住民猟師のグループの先頭で、私がどなったからだ。

「貝塚くんは見るな！」

嘔吐感《おうとかん》をこらえながら私は強くいった。貝塚さとみは足をとめ、すこし蒼《あお》ざめながら周囲を見まわした。私と阿部巡査の身体にさえぎられて、貝塚さとみには見えなかったはずだ。

腰から下を異常な力によって引き裂かれ、上半身だけになった血みどろの不幸な死者が。

第二章　どこからも遠く離れて

I

「いったい何があったんですか？」

緊張をはらんだ阿部巡査の質問に、私は明快に答えることができなかった。

「じつのところ、よくわからないんだ。何せ言葉が通じなくて……」

「あ」と、阿部巡査は絶句する。

「この人たちは先住民の猟師で、たぶんエベンキ族だと思うんだが、どうも猛獣におそわれたらしい。とりあえず、いっしょにもどってきたところなんだ」

「猛獣って……このへんだと、アムール虎《とら》とか、シベリア羆《ひぐま》とか、そういうやつですか」

「くわしいな、マリちゃん」

「いえ、自然紀行番組が好きなんで……TVの」

頭をかきかけて、阿部巡査は私の表情に不審を抱いたようである。

「どうかしましたか？」

「……いや、じつは、いまになって怖くなってきた。鈍いうえに、だらしないな」

もし薬師寺涼子とふたりきりで森の中にいたとき、アムール虎かシベリア羆におそわれていたら、どうなったことだろう。刃物を持ったヤクザの一ダースくらい、涼子はかるく一蹴《いっしゅう》してしまうが、さすがにヒグマが相手では楽ではあるまい。もちろん私には彼女を守る義務と責任があるが、今回ばかりは、それをはたす自信がない。

「ほんと、ご無事でよかったですよう。冬眠前のヒグマなんかに出あったりしてたら、どうなったと思うんですか。うかつに森の中なんかにはいっちゃダメですよ、警部補！」

　貝塚さとみの指摘は、まったく正しく、私はひたすら、心配をかけたことをあやまるしかなかった。

　いっぽう薬師寺涼子といえば、平然たるもの。すくなくとも表面は。ロシア語もエベンキ語もしゃべれないはずなのに、身ぶり手ぶりをまじえて何やらサシズしている。猟師たちのほうもまた、何の権限もないはずの涼子におとなしくしたがって、町役場の軒下まで、犠牲者をのせた担架《たんか》を運んでいく。

「それにしても、いったい何ごとがあったんですかねえ」

　かさねて阿部巡査が疑問を呈《てい》する。とりあえず私は、自分にわかっていることを説明した。

　涼子と私は岩の上にすわって、あまり実のない会話をかわしていた。むき出しの岩なら、すわっていられたものではないが、岩にはずいぶんと分厚い苔《こけ》がはえていて、安物のソファーより、すわり心地がいいくらいだった。女王サマはお気に召した態《てい》で、長い両脚をぶらつかせながら歌などうたいはじめた。

　声は、ほれぼれするようなメゾソプラノだったが、歌がよりによって『森のくまさん』だったので、私は不吉な気分になった。

「どうしたの、泉田クン？」

「あのー、警視、その歌ですが……」

「気にいらないの？」

「他の歌にしていただけませんか。何だか、ホントに出てきそうな気がして……」

　そのとき一陣の風が巻きおこって、涼子のフードや私のマフラーをばたつかせた。枯枝や落葉を踏む音がして、いくつかの影があらわれた。

　出現したのはヒグマではなかった。一瞬、日本人かと思ったほどの顔立ちだが、たぶんエベンキ族とかオロチョン族とか、北アジア系の先住民族だろう。毛皮の帽子、やぼったいが暖かそうな狩猟用ジヤケット、手にはライフル。そういうよそおいの男たちが七、八人いて、なかのふたりは手製の担架をかついでいた。

太く長い二本の木の枝に、テントの布地らしいものがかけ渡されていて、そこに人間が横たわっている。いや、半分の人間だ。人間の上半身だけがあおむけになっており、腰のあたりの切断面は、かたまりかけた血のおかげで、かろうじて正視できた。それ以上、グロテスクな描写はしたくないが、すぐに気づいたことがあって、それが私の背筋《せすじ》に、目に見えない氷片をすべりこませた。

「あんたたちは何者だ？」

猟師のひとりが大声をあげた。こんな状況での台詞《せりふ》は、何国語だろうと、内容は決まりきっている。「日本人《ヤポンスキー》よ」と涼子が答えると、相手は目をみはり、惨状を忘れたように涼子の美貌を見つめた。

おかまいなしに、涼子が私にささやいた。

「何が嚙《か》みちぎったのかしら」

「人間の胴体を嚙みちぎる？」

「刃物で切断したんじゃないでしょ、これ」

「そう……見えますね。でも、ヒグマでも、ここまでのことができるのかな」

ふと気づいた。私のウェザージャケットの裾《すそ》を、だれかが強くつかんでいる。涼子だった。表情こそ変えてないが、肌の白さからいつもの生気が欠けているように思えた。ドラよけお涼だからこそ、卒倒しないでいられるのだろう。私はといえば、卒倒したくても、身体《からだ》のほうがこわばって動けない。

「ここで押し問答しててもラチがあかないわ。あのいまいましい町にもどりましょ。人数が多いほうがたぶんいいしね。ほら、グズグズしてると、日が暮れるし、危険よ」

猟師たちは言葉もわからないし、いまふたつほど釈然《しゃくぜん》としない風《ふう》ではあったが、もともと選択の余地はない。急ぎ足で町へと向かい、涼子と私はそれに同行して帰ってきたという次第だった。

町役場の前で、涼子が気短かに問うた。

「警察署長はどこ？」

「あちらからやってきます」

ペトロフスキー氏が指さす方向を見ると、先ほど会ったばかりの町長がとことこやってくる。

「あれは町長じゃ……」

いいさして、私は口を閉ざした。町長がコートのポケットから何やら引きずり出し、頭にかぶったからである。どうやら民警の帽子らしかった。

「なるほどね、給料がひとり分ですむわけだ。日本よりよっぽど行政改革がすすんでるじゃないの」

というより、中央政府からも地方政府からも見すてられてるんじゃないか、という気がしたが、町長兼警察署長は時代遅れの口ヒゲを引っぱりながら、遺体を見てうなり声をあげ、猟師たちに何やら質問をあびせている。

「で、私たちはどういう立場なんです？」

「きまってるでしょ。日本の警察」

「いいえ、そういうことではなくてですね、いま私たちは何をすればいいんですか？」

「ロシア当局のジャマをしないことね」

「当局、ですか」

いいかえれば、町長（以下略）のやることを見物している、ということだ。

それよりも、何かというと「当局」のジャマをして出しゃばるのが生き甲斐《がい》みたいなくせに、今回の涼子は妙におとなしい、というか、常識的というか、ケンカを売り惜しみしているというか……言葉が通じないという状況では、さすがの彼女も好きかってできないらしい。

あるいは、このていどの騒動では、ものたりないのか。相手にとって不足あり。兇暴なヒグマなど、地元の猟師たちにでもまかせておけ、ということかもしれない。何せ私のような凡人とは尺度がちがう女《ひと》だ。女神サマみたいな美貌の下で、日下公仁《くさかきみひと》を発見したら、秘密都市ごとふっとばす計画を立てているかもしれなかった。

　しかし日本の警察官が、ロシア国内で日本人の犯罪者を殺害したりしたら、いったいどういうことになるか。アメリカ軍の特殊部隊は、パキスタン国内に侵入して、サウジアラビア人のテロリストを家族の目の前で射殺し、あげくに遺体を海中に放りこんだが、ほとんど非難の声もあがらず、国際社会から何の処罰も受けなかった。裁判にすらかけなかったのだが、こんな無法行為が許されるのもアメリカなればこそで……。

　私は頭を振った。どうも思考がぐるぐるおなじところを廻《めぐ》っていて、結論が出ない。理非《りひ》善悪はともかく、さっさと決断してたちまち行動にうつす涼子のほうが、私よりよっぽど大物である――いまさらいう必要もないことだが。

　私は何となく町を見まわした。日本なら廃屋とまちがえられそうな、古い木造の家々。電線が見えるから、電気は通っているのだろう。役場の前の広場も、それにつながる道路も、むき出しの土だ。秘密都市なんぞ建設するくらいなら、道路の舗装でもしたほうがよかったのに。

　土地は、はてしなく広い。それと比較して人口はすくない。政治体制は閉鎖的で強権的だ。予算さえあれば、どんな施設だってつくれただろう。あのせまい日本にだって、五十以上の原子炉があるのだ。

「密度でいうなら、シベリアには二千の原子炉があってもいい計算になるのよね」

「イヤな計算ですね」

「ま、あたしたちの捜してるのは、原子力発電所じゃないもんね。君、ペトさんとマリちゃんと呂《ルイ・》芳《ファン》春《チュン》つれて、聞きこみのマネゴトでもしててくれない？　あたしはタマラとちょっと話があるからさ」

「わかりました」

　尋《き》きたいことはいくらでもあったが、涼子がマトモに答えるはずはない。

　私がペトさんことペトロフスキー氏のほうへ歩き

ながら、肩ごしに振り向くと、町長が涼子とタマラを相手に、身ぶり手ぶりをまじえて熱心に話しかけている。

「ペトさん、聞きこみをしたいんで、てつだってください」

「キキコ・ミ？」

「ええと、犯罪を捜査するため、いろんな人に質問するのです」

安物の辞書みたいな説明になってしまったが、ペトさんは諒解《りょうかい》してくれた。

「エベンキ族はシベリア全体にちらばってますね。であるからして、言葉も風俗も、地域ごとにちがいあるです。でも、オロチョン族もマネギル族もビラール族も、エベンキ族の仲間ですから」

「ですから？」

「何とかロシア語まじえて、何とかなると思うですよ。ま、やってみますがね」

ペトロフスキー氏は楽観的なのだろうか。それとも、ろくでもない仕事なので、熱心になれないのだろうか。たのんだのが涼子でなく私なので落胆《がっかり》したのだろうか。あまり積極的には見えなかったが、とにかく町に住むロシア人たちのほうから、私はキキコ・ミをはじめた。

II

「この男を見たことがありませんか？　日本人《ヤポンスキー》なんですが」

「日本人？」

町の人々は顔を見あわせた。日下公仁の写真が、彼らの手から手へと渡され、ペトさんが短く説明を加える。

「いや、見おぼえないなあ」

「どうせなら、日本人がもっとたくさん来てくれないかね。増えるのは中国人ばかりで、まあそれが悪いってこともないいんだが……」

「それで張りあっておカネをどんどん落としてくれると、わしらは助かるがね」

「そうだそうだ、日本人は何でシベリアに来てくれんのかね」

何で、といわれてもこまる。第二次世界大戦の直後には、何十万人も日本兵の捕虜がいたのだが、あの人たちは二度とシベリアへなんかいきたくないだろう。私だって気がすすまない。

「見知らぬ他所者《よそもの》が来たことは？」

と、ペトさんに尋いてもらうと、二、三年前に、地球温暖化の影響を調べるとかで、三千キロ近く離れたノボシビルスクから科学者たちがやってきた。そのあとは、今回、私たちヤポンスキーがやってきただけだ、という。

「地球が温暖化したら助かるよ！　冬でも道路が使えるようになる」

「畑だって広げることができるしな」

「この土地がきらいなわけじゃないが、雪と氷がへってくれるとありがたいねえ」

なるほど、そういう考えかたもあるわけだ。

日本では温暖化はもっぱら、悩むべきこととして語られるが、寒冷地に住む人々には、ありがたいことかもしれない。ところで、よけいなことだが、「北極の氷がとけるとシロクマが生きていけなくなる」と主張する人たちがいる。何千年も前の温暖期には、シロクマはどうやって生きていたのだろう。

まあ科学者たちの言によれば、温暖化とは単純に「寒いのが暖かくなる」ということではないそうだが、その科学者たちの言とやらが、これまたどこまで信用できるものやら。フクシマの原子力発電所の大事故で、原子力というものがいかにズサンにあつかわれているか。原子力科学者が政府や財界からいかに大金を受けとっているか。核廃棄物は十万年たっても放射能を持ちつづけ、それを安全に保管する場所など日本にはない。そういったことが全部わかってしまったのだ。

わかったことはあるが、そのなかに、日下公仁の所在はふくまれていなかった。ただ、ためらったり迷ったり首をかしげたりしながら、彼らが教えてくれたことがある。この小さな町からさらに山奥にはいったところに、立入禁止の場所がある、というのだ。日下公仁との関係は不明だが、とりあえず手がかりらしいのはそれだけだ。調べてみる必要があるだろう。

「どのあたり？」

「あのずっと向こう」

町の人が指さす先には、黄葉した森があり、寒々とした青灰色の山々がかさなりあっている。どうも漠然としているが、ペトさんは、やおらウェザージャケットの内ポケットから紙片をとりだして、折りたたんであったものをひろげた。どうやら地図らしい。

「昔はあのへんに十人ぐらいの警備兵が立ってたそうです。自動小銃と射殺許可証を持ってね」

「はあ、ブッソウな話ですね」

「結局、何もおこりませんでした。侵入するどころか、近づく者さえいませんでしたよ。だいたい、周囲に住んでいる者がいないんですからね」

「それじゃ、この先に何があるか、だれも知らないんですか？」

「正確には知らない、です。どうせ、何というか、ええと……」

「ロクでもない？」

「はいはい、そう、ロクでもないものに決まってますですよ」

「ちょっとそれ、見せてくださあい」

呂芳春《ルイ・ファンチュン》こと貝塚さとみが、地図を受けとった。ロシア語を表記したキリル文字を見ただけで、頭痛がしてきたが、山や川や道路の記号は万国共通のはずだ。阿部巡査がいう。

「たとえ規模が小さくても、都市をささえる人員や物資を、空路だけで運ぶのは無理でしょう。旧ソ連の輸送ヘリはやたらと大きかったそうですが」

「戦車も運べたそうだな」

「それにしたって、やっぱり道路が通ってなきゃ……いや、だいたいこの町は、地図のどこらへんですかね？」

ペトさんに教えてもらい、あらためて地図を見なおす。

「やっぱり変だなあ。この等高線で、こんなぐあいに川が流れてるのって、おかしいですよ、ほら」

「あ、ホントだ。これだと低いところから高いところへ流れてることになりますよお」

「ま、昔の地図ですからね」

と、ペトさんが弁明する。かつては多少の黄金《きん》が採掘されていたこともあるので、わざと地図の一部が不正確に記されている可能性がある、ともいう。

「谷底は湿気が多いですネ。沼なんかもある。山の上のほうに棲《す》んでる動物、小さなウサギとかリスとか、むやみに谷底につれてくると、死にますネ」

「湿気で死んじゃうんですかあ!?」

「肺にね、カビが生《は》えて、息できなくなる」

「わあ、かわいそう」

貝塚さとみが同情する。まあリスだったら私も同情するが、自分自身がそうなったら、同情されてもあまりうれしくない。

とにかく、ヒトスジナワではいかない場所に、私たちがいることは、たしかだった。

「どう、何かわかった？」

声の主は、むろん私たちの上司だった。彼女の背後に、タマラが腕を組んで立っている。ろくな産業もないこの町に、彼女はミネラルウォーターの工場を建てようとしているから、町長以上にえらいらしい。

気のめいるような暮色《ぼしょく》が町をつつみはじめている。

「収穫ほとんどなしです。だいたい、人死《ひとじに》が出たようなところに、私たちがいたとわかったら、まずいんじゃないですか」

「旧ソ連の秘密都市の近くで、ロシア人と日本人が大乱闘、背景《バック》にはカルトと利権。なんてこと、両国政府とも知られたいはずないでしょ」

「闇《やみ》から闇へ、ですか」

「そうよ、闇って奥が深くて広いんだから。うふふふふ」

そういう笑いかたはやめてほしい。いかにも、「闇の女王」という感じである。

「ま、何にしても、秘密都市に到着してからのことだけどね」

「到着する前に、見つけないといけませんね」

「つまらないイヤミはやめてよ。地図を持ってるでしょ！」

「こんなもの、地図といえませんよ」

涼子に向かって突き出すと、上司はわざとらしく上半身をかたむけて地図をのぞきこんだ。そのままの姿勢でペトさんに問いかける。

「ここの警察といったら町長ひとりだし、本格的に捜査するとなったら、応援が必要ね。私たちのジャマをされてもこまるけど、応援が来るとしたら、どれくらいかかる？」

「コムソモリスク・ナ・アムーレから来るとしたら、ええと、直線で八百キロになりますね。うーん、二十時間かナ」

「直線でそこと結んでる道路なんてあるの？」

「ないです」

「だったら、計算してもムダじゃない？」

そのとおりだ、と、私も思ったが、ペトさんは両手と頭を同時に振ってみせた。

「いえいえ、それを二倍すれば、だいたいの時間が出ますですよ」

「……とすると、四十時間はあるわけか」

涼子は「おそい」と怒っているわけではない。それだけの時間内に、やりたい放題やってやれ、と、たくらんでいるのだ。そう短いつきあいでもないから、私にはわかる。

「ところで、結局、あの被害者は何物に殺されたんです？　ヒグマ？　もしかしてトラですか？」

阿部巡査が質問するまで、あきれたことに私たちはその点を確認していなかった。仲間から離れて半ば単独行動していた被害者の絶叫で、猟師たちが駆けつけると、もう被害者の身体は「半分だけ」になっていた。恐怖で立ちすくんだ彼らのひとりが、木々の間に遠ざかる野獣らしき姿を見たが、ヒグマでなかったのはたしかだという。ではトラか、というと、そうでもなく……。

涼子が私の顔を見た。

「トラでもないって？」

「はあ、毛皮がちがったそうで……縞《しま》模様じゃなくて、茶色？　褐色？　そんな色だったそうです」

「じゃ、ちがうわね」

「でもトラにはホワイトタイガーみたいな変異種もいるんじゃないですか？」

「ふうん」

涼子は形のいい眉をしかめた。

町長がやって来て、コムソモリスクに電話したことを告げた。

III

いまや洪家菜館《ホンチャヤツァイカン》は、ヤポンスキーたちの捜査会議室と化していた。秘密都市とやらが実在するとしても、そこにたどりつく以前に難関が多すぎる。

シベリア羆についてはくわしくは知らないが、アムール虎のほうは、まちがいなく絶滅危惧種のはずだ。身を守るためであっても、射殺したりしたら大問題になるだろう。

「日本でもさ、ときどきクマが人間をおそってケガさせるでしょ。そうすると、新聞にかならず読者が投稿するのよね。『クマは必死で自分の身を守っただけです。悪いのは、クマではなくて、彼らのテリトリーに侵入した人間です』とかさ」

「まあ密猟者なんかだったら、そのとおりでしょうけど、畑で働いてたおばあさんが、いきなり背後からおそわれて、大ケガをして、それで人間が悪いといわれたんじゃ、たまりませんね」

などということを語りあったが、私たちの場合、死んでも同情はしてもらえそうにない。まごうかたなき侵入者なのだから。

いっそ、「すべて虚報《ガセネタ》でした」ということにして、この町から引きあげたほうがマシなのではないか。私がそう思ったとき、何とも胃をせつなくさせる香ばしい匂いがして、店の主人が大小いくつもの皿を運んできた。

三分後、涼子の感歎の声があがった。

「こんな地の涯《はて》で、上海風ネギ油ソバを食べられるとは思わなかった。絶品ね」

「この腕一本でのしあがってきたんだからねえ、私は」

しみじみと洪《ホン》さんはいった。細い目が遠い目になったようである。これまでの苦労を思い出したのだろう。いくら中国人が働き者だといっても、故郷で裕福な生活をしていたら、わざわざシベリアまでやって来るはずはない。

二十歳《はたち》ぐらいの小綺麗《こぎれい》なロシア娘が、鮭炒飯《さけチャーハン》と野菜のカレー炒めを運んできた。野菜といっても大半はモヤシで、地下室で自家栽培しているそうである。秋も終わりのシベリアで、野菜が豊富なわけはない。

そのロシア娘が洪さんの妻だというので、日本人一同は仰天した。よく働いて小金《こがね》のある中国人男性と、ロシア人女性との結婚は、シベリアではそうめずらしいことではないのだそうである。私には関係ないが、しっかりせんかい、ロシア男、といいたくなる。

「何人かの仲間と、荷物をかかえて村を出たよ。シベリア鉄道に乗って、列車が停《と》まると駅の人に尋ねる。この町に中国の商売人はいるかって。いる、という返事だったら、そのまま列車に乗っていく。いない、という返事だったら、仲間のだれかひとりが荷物を持って列車をおりて、その町で商売をはじめるんだ」

実際にはこんなにスラスラしゃべったわけではない。東北なまりの北京語と広東語とのやりとりに、筆談やら身ぶり手ぶりが加わって、何とか理解できたのである。

「ひとりで?」

「そう、商売敵《がたき》がいない」

「ロシア語もわからないのに?」

「ソ連時代のだけど、日常会話手帳がある。それに、そこで暮らしていけば、いやでも言葉はおぼえるよ」

たくましいものだ。これではロシア男だけでなく草食性日本男子も勝てそうにない。私のある知人は、「いまや日本は、肉食系女子、草食系男子、雑食系オカマの三国時代《さんごく》よ」なんていってたが、どの勢力が天下統一しても、その将来《さき》がたいへんだろうなあ。

ちらりと涼子を見ると、となりのテーブルで、タマラとの密談をつづけている。「消せるボールペン」とやらで、アルファベットや数字、それに図形を、書いては消していた。タマラは、うなずいたり、首を横に振ったり、両手をかるくひろげたり、涼子にペンを借りて自分で何か紙に書きこんだりしている。

何をたくらんでいるのやら。

いきなり涼子が顔をあげて、私の心中《しんちゅう》を見すかしたように口を開いた。

「タマラに、装備の調達をたのんでるのよ」

「そ、そうですか。たとえばどんなものを?」

「君、あの山地を歩いてこえる気ある?」

「可能なかぎり、避けたいです」

「だったら、どうしても車がいるでしょ」

「そうですね、オフロードの車が。でも、ヘリじゃだめなんですか」

　これは思いつきでいったのだが、涼子は言下に「却下！」といった。ヘリコプターだと、爆音も出るし、空中ではかくれるわけにもいかない。接近を感づかれてしまう、という。もっともである。

「何だか魔境探検のお話みたいになってきましたね。二十一世紀の今日、魔境は大都会のどまんなかにあるっていいますけどお」

「そうそう、ウォール街とか霞が関とか」

　貝塚と阿部の両巡査は、雰囲気を盛りあげようと努力したが、成功したとはいえなかった。

　周囲のテーブルは七割がたロシア人のお客で埋まっているが、よくいえば好奇、悪くいえば猜疑《さいぎ》の目で、私たちをとりかこんでいる。日本人《ヤポンスキー》がこんな奥地に何の用だ？　当然の疑問だし、そもそも日本人なんて生まれてはじめて見るのではないだろうか。

　エベンキ族らしい姿は見あたらなかった。彼らの集落は他所《よそ》にあるのだろう。ロシア人とエベンキ族との関係は良好なのだろうか。まあ西方のグルジアやらチェチェンやらとちがって、シベリア一帯で民族紛争の話は聞かないが、凍った氷の下でも水は流れているものだ。

　重大なことに、私は気づいた。

「泊まるところはあるんですか？　こんな町、といっては失礼ですが、ホテルなんてありそうにも……」

「洪《こ》家《こ》菜館の二階に、ちゃんと客室があるそうよ。もうたのんであるわ」

「はあ、そうでしたか」

　ツインベッドの部屋がふたつある、という。女性二名、男性二名が、どうやら屋根の下で眠れそうである。

「ただしバスルームはひとつだけ」

「え、あ、はい」

「バスタブはなくてシャワーだけ。万事レディファーストでいくけど、異議ないよね？」

「ありません」

これが日本だったら、どんな山奥のボロ宿でも、熱い風呂があるだろうな。猛暑の季節だったらシャワーで充分だが、すこし涼しくなると、やっぱり、お湯のあふれる浴槽が恋しくなる。

ふと私は思い出した。

「ああ、そういえば丸岡警部、いまごろ温泉だっけ」

「ええ、奥さんと草津《くさつ》です」

私たちとおなじく警視庁刑事部参事官室の一員である丸岡警部は、かなりたまった年次休暇を消化するため、十日間の休みをとっている。その間、二泊三日は草津温泉にいくということだった。奥さんとのふたり旅は十二年ぶりだそうだが、今回のシベリア送りをまぬがれたのは、オコナイがよかったためだろうか。

「いいなあ、温泉かあ」

異口同音《いくどうおん》とは、まさにこのこと。ヤポンスキーたちは、いっせいに溜息をついた。日本人は、世界でいちばん移民したがらない民族だ、という学者サンの話を聞いたことがあるが、原因があるとすれば、食事よりむしろ風呂だろう。

丸岡警部への羨望《せんぼう》とともに、夕食は終わった。

洪さんが何かいいながら、私たちに変な物を差し出した。ひとりに一本、赤いスプーンである。どういう表情をしていいのか、とまどっていると、ペトさんが説明してくれた。

「これ、ローシカといいますね。漆《うるし》ぬりのスプーンです。これ持ってますと、もう一度ここにもどって来られる、というオマジナイですね」

べつにもどって来たくもないなあ、と、内心で失礼なことを考えていると、阿部巡査の姿が目に映った。ローシカを大きな両手で押しいただいて、たいせつそうに、ウェザージャケットの内ポケットにしまいこむ。

「そうありがたがるほどのもんでもないだろ」

「あ、いやあ、お言葉ですけど、やっぱりありがたいですよ。もう一度ここにもどって来られるってのは、無事に生きて還れるってことですからね」

私は、ごく素朴な漆ぬりのスプーンを、何となく指で回転させた。阿部巡査はまじめなクリスチャンだが、いたって心の寛《ひろ》い男だ。自分の信仰にこりかたまって、ごく土俗的な魔よけや厄よけを排するような所業《まね》はしないのである。

ローシカとやらを、私もありがたくもらっておくことにした。無事にこの小さな町にもどってくることができたら、この安っぽいが親切心のこもったスプーンで鮭粥《さけがゆ》でも食べるとしよう。

さて、シベリアの片隅にひそんでいるようなこの小さな町――トロイツコペチョルスク・ナ・ウリヤフアルダンだとさ――では、涼子が日ごろ振りかざすダークネスカードも通用しない。私たちの救いの主である洪家菜館への支払いは、タマラ・（略）・パラショフスカヤが現金でたてかえてくれた。

涼子がフランス語で借用証を書き、署名する。その署名が「薬師寺涼子」ではなく、「ハバロフスク駐在日本国総領事館」になっていることに、私は気づいたが、よけいな口はきかなかった。ときには、涼子の行為が当然のものと思えることもある。

タマラ自身は、べつの小さな宿を予約してあるという。ペトさんは、町長と交渉の末、あいている留置場のベッドを借りることになった。

もう完全に夜だ。二階に案内されると、階段をあがった正面がバスルームで、廊下の左右が客室だった。左を女性二名、右を男性二名が使うことになった。室内は和室にするなら八畳ていどの広さで、板張りの壁には緑色のペンキがぬられている。ふたつのベッドはそれぞれ壁にくっつけてある。全体としてせまくるしく、わびしいほどに安宿っぽい。

それでも天井近くにはエアコンが設置されているし、薄型ＴＶもおかれている。何気なく確認してみると、エアコンは韓国のS社製、TVは中国のH社製だった。ひとむかし前なら、どちらも日本製だったかもしれない。

「TV、映るかね」

「あるからには何か映ると思いますけど」

シャワーを使える時間が来るまで、することもない。TVを視《み》たって、ロシア語のドラマはわからないし、ニュースを視ると、ロシア大統領がどこかの工場を視察している場面ばかりだ。TVを消すと、雑談でもするしかない。

「まったく何で吾々《われわれ》はこんなとこにいるんですかね」

「刑事部長の気持ちはわかるのさ。ドラよけお涼を追っぱらって、何日かの安息を得たいんだ」

「見えすいてますねえ」

「日下公仁の件なんて口実にすぎないさ」

私たちは拳銃どころか警棒の一本も持たされず、外国の、それもシベリアのはしっこに放り出されたのだ。トラかヒグマか、正体不明の人喰い野獣が出没し、ついでにウサギやリスは肺にカビが生《は》えて死んでしまうという、とんでもない土地である。無節操な民放TVなら、「魔境」よばわりするかもしれない。

そう思うと、ローシカを受けとったときの殊勝《しゅしょう》な気分は消えて、サンマの神サマが刑事部長を塩焼きにして食べてしまえばいいのに、と思った。

そのときだった。あの声が聞こえたのは。

Ⅳ

シャアアアアア……

あえて文字にするなら、そう聞こえた。しかも低い音ではなかった。金属製の球にヤスリを突き立ててひっかきまわしたら、あんな音になるかもしれない。

一瞬の硬直の後、私は窓にとびついた。サッシのない旧式の窓。高校生時代の廃校舎を想《おも》いだすような、上下開閉式の窓だ。音はその窓の外から侵入してきた。

　窓に手をかけたが、ガタガタ不平の声をもらすだけで動こうとしない。舌打ちした私に、阿部巡査がささやいた。

「何でしょうね」

「わからん……外へ出てみよう、用心しろよ」

　武器は何もないが、まず事態の確認だ。私は廊下へのドアを開《あ》けて、勢いよく部屋を出た。そのとたん。

「わっ……！」

　私が狼狽《ろうばい》したのを、笑わないでほしい。廊下に立っていたのは私の上司で、シャワー室から出てきたばかりだった。明るい色の髪をタオルでつつみ、肩の下から太股《ふともも》のあたりまでバスタオルを巻いていたが、何しろ腕と脚の長い女《ひと》だから、露出している部分のほうが多いのである。

「し、し、失礼しました」

「まだ男の人の順番じゃありませんよ！」

　これは呂芳春こと貝塚さとみ巡査の声。こういう場合、女性の声は、きびしくて容赦がない。

「感心なことに、シャワー、熱いお湯が出るわよ」

　悠然たる涼子の声。皮肉の極致というべき視線。清潔なシャボンの香り。どんな意味においてもまずい状況なので、私は逃げ出すことにした。

「外で妙な音がしました。見てきます！」

　事実なのに、弁解じみた口調になってしまうのが、男のつらいところだ。私と阿部巡査は、ふたりの女性を後にして、長くもない廊下を走りぬけ、階段を駆けおりた。

　階下はまっくらだった。かすかに声が聞こえたが、これは洪さんのイビキのようだ。夫婦はよく寝ているらしい。

　いくら何でも白手《すで》では自信がなかったので、厨房《ちゅうぼう》の壁に立てかけてあった二本のモップを拝借《はいしゃく》することにした。

「何かいるぞ、気をつけろ」

「はい」

何かがいることはわかりきっているが、闇と寒気が、気味悪く身心をしめつけてくる。仲間がそばにいることを確認していないと、不安がつのるのだ。

私たちは片手にモップをにぎりしめ、手さぐりで菜館のドアチェーンをはずした。そっと外へ出て、ドアを閉め、五秒もたたないうちに、その姿を見たのである。

それは歩くというより這《は》っているといったほうがよかった。たくましい前肢《まえあし》で、巨体を引きずっているようだった。

星空の下で、その姿はよく見えたわけではない。それがかえってよかった。もし明るい光の下で全容が見えていたら、腰がぬけて動けなくなっていたかもしれない。お恥ずかしい話だが。

「クマじゃないな」

そう思ったが、確信とまではいかない。

シャアア……！

耳の痛くなる声が、またひびいた。町とも呼べない小さな町の家々は、黒く静まりかえっている。灯火をつけて、怪物を刺激することを、おそれているようだった。

「どうやら出てきたらしいわね」

何物もおそれない声がした。感心するような速さで、涼子が服を着て出てきたのだ。元気のいい足音までたてて。まさにそれが怪物を刺激した。夜気が波をうった。

「あぶない！」

私は地面を蹴った。

涼子の身体にとびつき、横がかえするような形で、そのまま地面にころがった。一瞬の間もなく、強力な風圧が私の頭上をかすめる。重い衝撃が、左の肩甲骨《けんこうこつ》のあたりをたたいて、息がつまった。

目の前に、黒い影のかたまりがあった。涼子と私の頭上をとびこえた怪物の後姿《うしろすがた》だ。怪物は左右どちらかの後肢《あとあし》で、私の背中を蹴ったらしい。いや、偶然あたっただけか。

獲物をしとめそこねた怪物は、シャアア……と憤《ふん》怒《ぬ》の声をあげた。振り向きざま再突進してくるだろう。と、私は覚悟した。だが怪物は、そのまま前方へ、重々しく巨体を運んでいく。

いきなり荒々しい音がした。星空の下で、古ぼけた電柱の影がかたむき、ほどなく地ひびきをたてた。

怪物は腹だちまぎれに、手近に立っていた電柱を倒したらしい。前肢の、ただ一撃で。

モップをかかえたままの阿部巡査も、涼子のあとからついてきた貝塚巡査も、唖然《あぜん》として立ちつくす。私は何とか起きあがり、涼子をかかえ起こした。

「だいじょうぶですか?」

「あれくらいのやつに、やられるもんですか」

胸を張った涼子が、闇をすかすように私を見た。

「何だと思う、あいつ」

「わかりません」

「泉田クン、羽根だらけ」

「あ、まいったな」

ダウンジャケットの背中が裂けて、内部の羽根が放出され、夜風に舞いくるっていた。そのおかげで、爪《つめ》に皮膚を切り裂かれるのはまぬがれたらしい。打撲だけですんだようだ。

「東京に帰ったら、銀座《ぎんざ》にいくわよ。最高級のダウンジャケットを買ってあげる」

「いえ、けっこうです、そんなことをしていただくわけにはいきません」

「ほんっとに、かわいくないやつだなあ。君は、なりゆきとはいえ、あたしのピンチを救ったのよ。あたしの生命には、その何千倍もの価値があるんだからね」

だからといって上司に高価なものを買わせるわけ

にはいかないよな、と思ったとたん、悪意にみちた声と重い足音が肉薄してきた。怪物が帰ってきたのだ。

つぎの瞬間、白い強烈な光の束が、まともに怪物の両眼をとらえた。涼子が懐中電灯をかまえるなり、スイッチを入れたのだ。

怪物の叫喚《きょうかん》が、人間たちの鼓膜に突きささる。

「危険ですから、けっして自分や他人の眼に光をあててはいけません」

と取扱説明書に記してある強烈なライトが、闇のなかで最大限に拡大していた瞳孔《どうこう》を直撃したのだ。まさに光の弾丸だった。

怪物は視力をうしなった。

シャアア……と悲鳴に似た奇声をあげて、黒い影が躍りまわった、ようだ。閃光《せんこう》が消え去った直後の闇は、ひときわ濃く深くて、私たち人間のほうも、ほとんど何も見えなかった。

反撃するどころではない。ひたすら地上に伏せるだけだ。狂乱する怪物が、おそるべき前肢を振りまわして、それが偶然あたったとすれば、人間の頭など砕け散る。

不幸な猟師の下半身を喰いちぎった犯人、いや犯獣はこいつだ。もはやうたがう余地などなかった。こいつの牙《きば》と前肢は、自然の武器としては、地上最強かもしれない。

私に密着していた涼子の身体が、しなやかに動いた。ふたたび閃光が走った。それは光の道となって、おどろくほど遠くまでとどいた。

その光の道を、怪物が遠ざかってゆく。一歩ごとに視力をとりもどしつつあるようだった。走ってはいない。早足で歩くという印象である。体形はどう見ても大型のネコ科の動物だった。たてがみはなく、ヒョウほど細身ではなく、トラのような完璧《かんぺき》な均整もなくて、しいていえば雌《めす》ライオンに似ていた。だが、さらに大きく、どこか微妙にゆがんでいて、動きは力感《りきかん》に満ちていたが、すこしぎごちないようにも見えた。

私は首すじに冷たい汗を感じた。懐中電灯の光を受けた怪物の顔に何があったか、いまさらながら思い出していた。巨大な口の左右には、ゆるやかにカーブした牙があった。長さが幼児の身長ほどもある、太く鋭い牙。

モップを地に突いて、阿部巡査がうなった。

「おそろしいトラでしたね」

「トラだって？」

私はうめいた。

「マリちゃん、あの牙を見たろ？　長さが一メートル近くあったぞ。あんなトラが地球上に存在するか？」

阿部巡査は音をたてるような勢いで身ぶるいした。

「そ、そうですね。でもトラじゃないとしたら何なんです？」

涼子とおなじ質問をする。私の返答もおなじだった。

「わからん」

貝塚さとみが自分で自分の身体を抱くようにしながら、おずおずと尋ねた。

「警視は、おわかりになるんですか」

「たぶんね」

「何なんです？　教えてください」

「サーベルタイガー」

「サ、サーベルタイガー!?」

「日本語では剣歯虎《けんしこ》。食肉目ネコ科マカイロダス亜科に属していて、巨大な犬歯《けんし》を持つネコ類の総称よ。だいたい十種類が知られているけど、北アメリカ大陸に棲《す》んでいたスミロドンと、ユーラシア大陸のマカイロダスがとくに有名ね」

私は発声の前に、ひとつ深呼吸した。

「で、そんなやつが、どうして、こんなところに出現したんです？」

「不思議じゃないわよ。マカイロダスはまさにこのあたりに棲《す》んでたんだから」

「場所じゃないんです！　サーベルタイガーは古代生物でしょう？　くわしくは知りませんが、氷河期のころ絶滅したはずじゃないですか」

V

「じゃ、いったいあれは何だったの？」

思いきり意地悪な口調に対して、私はまた答えざるをえなかった。

「わかりません」

「仮説もないの？」

「はあ……」

「たとえば、入れ歯ならぬ入れ牙をしたトラをペンキで茶色にぬって……」

「だれが何のためにそんなことをするんです!?」

「しないわよねえ。だったら、あたしの仮説に賛同したら？　悔いあらためたら、恕《ゆる》してあげるからさ」

何でそこまでいわれなきゃならんのだ。

ふいに私たちは光に照らし出された。オレンジ色の光だ。洪家菜館の主人夫婦が、ようやく起き出したらしい。とっくに起き出していて、ようすをうかがっていたという可能性もあるが、それを詰《なじ》るのは筋《すじ》ちがいというものだろう。

とにかく灯火がついたので私たちは店内にはいることにした。

「これがハリウッド映画だったら、かならず美人の女性科学者が出てきて、こういうはずですよ――これは生物学の貴重な標本よ、殺しちゃいけないわ、ってね」

「たとえ人間が何人殺されようと、ね」

私たちは皮肉と批判とイヤミを三等分して話しあいながら、円卓のひとつに陣どった。洪さん夫婦が、たぶん私たちの無事を祝いながら、お茶を運んでくる。

「ま、貴重な資料ではあるわね。マカイロダスの全身骨格って、まだ発見されてないはずだから」

お茶はやさしい香りのジャスミンティーだった。ひと口すすって、私は上司に呼びかけた。

「警視」

「何よ？」

「マカイロダスの全身骨格は、まだ発見されてない、と、おっしゃいましたね」

「そうよ。それがどうしたってての」

「あれはほんとにマカイロダスでしょうか」

私の質問に、涼子は形のいい眉をかるくひそめたが、すぐに意味をさとったらしい。すこしあきれたように反問した。

「マカイロダス以外の未発見の種だっていうの？」

「可能性として、です」

えらそうに私はいったが、これこそ素人《しろうと》の強み。マカイロダスなんて名前を知ったのは、つい五分前のことなのに、もうこういう仮説を持ち出す。お恥ずかしいかぎりだが、きっと誰かさんの影響を受けたにちがいない。

「そりゃ大発見だわ」

涼子が鼻先で笑ったとき、店のドアがいきおいよく開いた。涼子以外の三人は、反射的に立ちあがった。飛びこんできたのは、ペトさんことペトロフスキー氏だ。

「オー、みなさん、ご無事、よかったですだね」

「ペトさん、騒ぎに気づいてたの？」

貝塚さとみの問いに、ペトさんはうなずく。

「気づくも何も、あのバケモノ、警察署の中にはいりこんで来たですよ」

「えーッ、ケガしなかった!?」

「何とか、ええと、オカゲサマで……」

礼儀ただしく、ペトさんは頭をさげた。

「留置場のなかにいて助かったです。鉄格子《てつごうし》がありがたいと思ったの、生まれてはじめてですね」

とはいえ、ずいぶん危うかったらしい。私たちは店を出て、ぞろぞろ現場をたしかめにいった。

直径一・五センチもある鉄格子が、安物の針金みたいにへしまげられている。それも二本。いますこしで、ペトさんの身体は留置場から引きずり出され、無事ではすまなかっただろう。

「警察署のカギはかかってなかったの？」

「はい、ケイシさん。鉄格子のカギかけて、ワタシは安心してたです。町長は帰ったし、盗《と》られるものもないしね。あいつ、ドア押しあけてはいってきたですよ。こわかったネ」

「そうだ。お医者はいないかしら」

「いません」

「医者がいないんだ。それじゃ、病人が出たときはどうするの？」

ペトさんは考えつつ答えた。

「お婆《ばあ》さんがいるです。四十年以上、もっと大きな町で看護師してました。その人に診《み》てもらって、自分の手におえない、いわれたら大きな町の病院へいくですよ」

「そう。まあこれからはすこしマシになると思うけど」

タマラのミネラルウォーター工場が建設され、稼動しはじめれば、町に雇用が生まれる。他の町や村から労働者が流入してきて、人口も増える。診療所や学校も建つかもしれない。タマラは町の救世主というわけで、涼子も間接的に恩人あつかいされるだろう。

「イズミダさん、服、破れてますね、ダイジョーブ？」

「すこしなぐられたていどのものです。運がよかった」

「運ならあたしのをわけてあげたのよ」

と、上司どのがのたまう。

「おそれいります。ところで、あの、必要以上に明るくて強力な懐中電灯は……？」

「わが社の新製品よ」

「やっぱり」

「どういう意味？」

「いえ、新製品の開発に熱心な企業だなあ、と、つねづね感銘を受けているしだいです」

これは本心である。

単なる懐中電灯ではない。強烈な閃光で、それを直視した者の視力をうばう。女性が夜道で暴漢におそわれたときなど、有効な武器になるだろう。

「たっぷり十分間は目が見えなくなるわね。それに、閃光を見て異変に気づく人もいるだろうし……防犯グッズとして上出来《じょうでき》でしょ」

「ええ、ただ、犯罪者に悪用される可能性もありますね」

「そんなことといったら、スタンガンの販売も禁止されなきゃならないわ。世の中、武器にならないものなんてないんだからね」

そのとおりである。枕《まくら》やガムテープで窒息死させられる人もいるし、花瓶で頭をたたき割られる人もいるのだ。我ながら、よけいなことをいってしまった。

「は、おっしゃるとおりです」

「わかればよろしい」

涼子は、口に手をあてて小さくあくびをした。

「あとはすべて朝になってから。シベリアの夜明けは近いわよ。呂芳春、あんたもシャワーあびなさい」

「はあい」

「それじゃ、お寝《やす》み、諸君」

ペトさんは留置場へもどっていき、女性陣と男性陣は、それぞれの部屋にわかれた。

私と阿部巡査は、ダウンジャケットをぬいでベッドに腰をおろし、何となく溜息をついた。

ふたつのベッドは、いかにもロシア人向けらしく、幅も長さもたっぷりあった。ただ蒲団《ふとん》は中国製のようで、やたらとハデな牡丹《ぼたん》の花の模様が、いささか違和感をおぼえさせる。

残念だったのは、寝る前にシャワーをあびられなかったことだ。どうも女尊男卑のシャワーだったらしく、女性たちが使用をすませたところで、お湯が出なくなってしまった。

いまいましい話ではあるが、涼子がシャワーを使ってる最中に、いきなり湯が水に変わったりするよりは、よっぽどましである。

私と阿部巡査はタオルをぬらして身体をふき、そそくさとベッドにもぐりこんだ。

眠れそうにないな、と思っていたが、疲労がプラスにはたらいたらしい。いつのまにやら睡魔の手につかまれて、眠りの園へ放りこまれた。

翌朝、五時半に目がさめた。日本との時差は一時間しかないそうだから、東京は六時半。だいたい、いつもの起床時刻である。

女性陣はまだご起床めされていないようだったので、男性陣ふたりはすばやく交替でバスルームを使った。あわただしく、だがいちおうすべきことをすませたとき、

「鮭《ケター》、鮭《ケター》!」

ロシア語の声が下から聞こえた。漁師が早朝に獲《と》った魚を、洪家菜館に売りに来たらしい。階上から手すりごしにのぞいてみると、一メートル近くありそうな、みごとな鮭《さけ》だった。

五分ほどで商談が成立し、漁師は「ちょっと不満だがしかたない」というようすで帰っていった。洪さんは、この鮭を朝食に出してくれるという。

起き出した涼子が部下一同を見まわした。

「何にしてもらう?」

「そりゃ塩焼きでしょ!」

フライでもムニエルでもいいはずだが、日本人なら鮭は塩で焼くに決まってる。まあ、北海道なら、ちゃんちゃん焼きも三平汁《さんぺいじる》もあるが、ここはやはり塩でいきたい。

洪さんは、すこししぶった。ただ塩で焼くだけなど、中華料理のプロとしては甲斐《かい》がないのだろう。

だがヤポンスキーたちに哀願されて、肩をすくめ、鮭をぶらさげて厨房へはいっていった。日本人たちは食事を待ってテーブルで雑談する。

涼子が話し出した。

「ヒグマは人間を食べるけどね、無差別ってわけじゃないの」

食事時にする話ではないと思うが。

「いちど女性の肉を食べると、以後、男の肉は絶対に食べないんだって」

「何だかナマナマしくてイヤな話ですね」

「もっとイヤな話してあげようか」

涼子が図に乗る。

「食べられないからって、殺されないわけじゃないのよ」

じゃあ殺され損か、と思ったが、食べられるのがうれしい、というわけでもない。どちらに転んでも、愉快な話ではなかった。

朝食は、あんがい待たされた。洪さんが中華料理人のプライドを満足させるべく、注文品以外のものもつくったからである。鮭の塩焼きがテーブルに出てきたとき、一同は歓声をあげたが、鮭の中華風ボルシチに鮭のトマト煮、鮭のギョウザ、と出てくると、何だかありがたみが薄れてしまった。ゼイタクな話だが。

食べはじめたとき、窓の外で音がひびいた。一瞬ぎくりとしたが、機械性の爆音だった。洪さんがドアを開いて空を見あげた。

「ヘリコプターだ」

それは単に事実を指《さ》す言葉にすぎなかったが、微妙な反感がこもっていた。町の人たちにとって、ヘリは歓迎すべきものではないようだ。地方政府のお役人とか、軍人とか、いばりかえった連中が乗ってくる機械の兇鳥《まがとり》ともいうべきものらしい。

だれが乗ってきたのやら、私たちには見当もつかなかった。警察にしては、来るのが早すぎる。

第三章　長い長い午前

I

ヘリコプターは、傍若無人に朝の冷気をかきまわしながら、町の広場へと降下してきた。

広場といっても、古い木造の家々にかこまれた円形の空地というだけだ。いくらかの雑草が生《は》えている他は、霜がおりたむき出しの土で、霜がとけたら泥濘《でいねい》になるだろう。

三十人たらずの町の人々が遠巻きに見守るなか、ヘリは着地した。埃《ほこり》が舞いあがらなかったのは、霜のおかげだ。ヘリの種類などよくわからないが、たぶんロシア製の輸送ヘリだろう。ずいぶん大きい。全長十五メートルはこえているし、回転翼《ローター》の半径も五メートル以上ありそうだ。胴体にロシアの国旗が描かれている。

「あんなりっぱなヘリ、このへんにはないですね」

歯ブラシをくわえたまま、ペトさんが論評した。ヤポンスキーたちは洪家菜館《ホンチャツァイカン》の入口にかたまって、ようすを見ていた。手に手に箸《はし》を持っていたのは、状況の然《しか》らしむるところである。

「世にもめずらしいことです、けど、エライ人が来たかもしれないです」

「だったら、お迎えに出なくていいんですか」

阿部巡査の声が、めずらしく無愛想なのは、鮭の塩焼きに箸をつけた瞬間だったからである。気持ちはよくわかる。

「いや、町長がいくですヨ」

たしかに町長が、あたふたとヘリへ走っていくのが見えた。

ヘリの回転翼が完全にとまらないうちに、灰白《かいはく》色《しょく》の制服を着た大柄な男がひとり、ドアをあけて地面に飛びおりた。組立て式のタラップをセットする。

「ハバロフスク地方の国境警備隊員らしいですね」

ペトさんが説明する間に、着ぶくれした男が三人、タラップをおりてきた。こちらは日本人らしい。いや、この二、三日、アジア系の人はみんなおなじに見える。

やはり日本人だった。涼子が自分の箸を貝塚さとみにあずけ、歩み寄って日本語で話しかけたので、それが判明した。

「ハバロフスク総領事館の浅川《あさかわ》です」

「私はモスクワからきた。一等書記官の大鶴《おおつる》だ」

名乗ったふたりとも四十歳ぐらいに見えた。あとは、官僚といわれれば官僚らしく見える、というぐらいで、たいして特徴のない男たちだ。涼子の美貌を、くいいるように観察している。三人めはもう老人だが、傲然《ごうぜん》と沈黙を守っている。

「で、そちらは？」

「警視庁刑事部の薬師寺と申します」

「警視庁……？」

大鶴と浅川は顔を見あわせた。

「もう警視庁の人は、いっしょに来てくれてるけどね。君たちは先行組か何かかね」

「は？」

どうも話が、かみあわない。

「何だ、ちがうのか。室町《むろまち》くん！」

大鶴が振り向いて名を呼ぶと、ひとりの女性がヘリからおりてきた。

室町由紀子《ゆきこ》。涼子と同年同期の二十七歳。警視庁警備部参事官で、階級は警視。長い黒髪を後頭部でたばね、白い繊細な顔にメガネをかけている。服装は一言でいってスキーウェア。

涼子がうめいた。

「もう、信じられない！」

「何がです？」

「世界の陸地の総面積は、南極をふくめて一億三千六百万平方キロぐらいあるのよ」

「そ、そうですか」

「そんなに広いのに、どうして、よりによってこんなところで、お由紀のヤツにあわなきゃならないの!?」

詰問されてもこまる。

「しかも世界の総人口は、約七十億！　そんなに多いのに、どうして、なぜ、よりによってお由紀のヤツと……」

「きっと御縁があるんですよ」

そういいかけて、私は口を閉ざした。何だか、「ぞわっ」という擬音が聞こえたような気がした。ウェザージャケットを着こんで雪ダルマみたいな体形になった若い男が、その原因だった。岸本明《きしもとあきら》警部補。由紀子の部下である。

「やあ、泉田サン、ボクたち御縁がありますねえ」

「やっぱり岸本まで！」

涼子がふたたびうめき、私は無言で、空を見あげた。

「ぞわっ」の正体はわかったが、ちっともうれしくない。私のようなしがないノンキャリアが、岸本のような前途洋々のキャリアに、したしく声をかけてもらうのは、公務員社会ではたいへん名誉なことのはずなのだが、何の因果か、そうは感じられないのである。

岸本は手に安っぽいビニール袋をさげている。その袋のなかにはいっているのは、アニメに登場するキャラクターの人形、つまりフィギュアであった。緑色のレオタードを着こんだ少女、といえば、オタクなら知らぬ者のない「レオタード・グリーン」。「神々の女王」女神ヘラに守護される美少女五人戦隊のひとりである。いっておくが私はオタクではない。事情があってたまたま知っているだけだ。

薬師寺涼子と室町由紀子は、するどくにらみあった。「お由紀」「お涼」と呼びあう仲だが、接触すると破壊的な化学反応がおこる。

「シベリアの奥地まで来て、何であんたの顔を見なきゃならないのよ！」

「それは、わたしの台詞《せりふ》です。わたしは仕事で来たのだけれど、あなたはバカンス？」

「ハッ、冗談はあんたの人生だけにしてよ。バカンスでこんなところに来るわけないじゃないの。仕事よ、仕事！」

「そうらしいわね」

由紀子のメガネが光って、私のほうに向けられたので、あわてて私は敬礼した。

「泉田警部補も、どんなお仕事なのかしら」

「あたしの仕事よ！　あいつはあたしのオトモ。用を知りたきゃ、あたしに尋《き》きなさい」

「尋けば教えていただけるのかしら」

「どうしてそんなに知りたいのさ」

「どうしてもというわけではありません。連絡不備で、あとになってこまらないようしたいだけ。ムリに尋く気はないわ」

涼子は優雅にせせら笑った。

「あたしは部長命令で来てるのよ。来たくもないのにさ。プーケット島あたりでタイ式エステでもしていたいのに、ホント、マジメな公務員って損ばかり。せめて国民の血税を費《つか》って芸妓《げいしゃ》遊びでもしなきゃ、やってらんないわあ」

「タチの悪い冗談はおやめなさい！」

「あら、冗談だと思う？」

シベリアの陰気な曇り空の下、音もなく火花が散乱する。ヘリコプターを見物に来ていた町の人たちの半分くらいは、いまや遠来の美女どうしの対決を、興味深げに見守っていた。彼らに日本語が理解できないのは、不幸中のサイワイである。

めずらしいことに、涼子のほうから対決を中断した。「ちょっと待ってて」と一言、浅川と大鶴めがけて歩き出す。ケンカを売りにいくのだろう。

由紀子は私に向きなおった。

「あなたにはすこしだけ話しておくわ。わたしは島倉先生の随伴《オトモ》。あの方は参議院議員でもあるけど……」

「形としては、あくまで民間人というわけですか」

「そうなの。二十世紀の終わりごろに、『環日本海経済圏構想』というのがあって……」

いいさして、室町由紀子は、口にかるく掌《てのひら》をあてた。

「いけない、あなたが相手だと、なぜか口が軽くなるわ」

「あ、どうも申しわけありません」

「あやまられてもこまるけど、聴かなかったことにしておいてくださる？」

「もちろんです」

「それじゃ、これで」

「あの……」

室町由紀子にはひととおり昨夜の件を話しておこう。そう思ったのだが、由紀子は苦笑じみた表情でかるく手を振った。

「聴かないことにしておきます。あとでお涼に知れたら、あなたがこまるでしょう？」

「どうも、ご配慮おそれいります」

私が頭をさげると、由紀子は淡々としたようすで歩み去った。その後姿《うしろすがた》から目をはなして、私は内心で首をかしげた。他の部署の上司とは、うまくやっていけるのになあ。何でよりによって、自分の上司とは中学生の口ゲンカみたいになるんだろう。

そう考えたとき。

「泉田サアン」

音波兵器の襲来である。

岸本はホクホク笑みをうかべながら近づいてきた。この男もいちおうキャリア官僚だから、私のようなノンキャリアと仲よくしても何の利益もないはずだが、妙になれなれしい。どうも私をオタク仲間と思いこんでいるフシがあるが、いい迷惑である。

「これ、ハバロフスクで手に入れたんですよ。泉田サンには見てもらいたくて……何しろ、すごい値打ち品ですからね」

手には例のレオタード戦士のフィギュアがある。

つい尋ねてしまった。

「そんな掘り出し物なのか」

「そうですとも。まあ底を見てください」

いわれて、手わたされたフィギュアを引っくりかえしてみると、底面に、“MADE IN CHINA”と明記してある。

「おいおい、こいつは中国製だぞ」

「知ってますよ」

「その……だいじょうぶなのか、版権とか」

「いいんです。このフィギュアは、五年前に中国の義烏《イーウー》でつくられたんですが、当局に工場が閉鎖させられて、レオタード・グリーンは地球上に二十個しか存在しないのです。これをオタク市場に出せば、注文が殺到します」

「はあ、そうかい」

「泉田サン、だめですよ、十万円くれたって売ってあげませんからね」

「いらねえよ！」

思わず下品に反応してしまった。岸本はへらへら笑った。

「やだなあ、本気にされちゃ。百万円でも一千万円でも他人には渡しませんよ。愛はおカネに換えられませんからねえ」

スティーヴン・キングもディーン・クーンツも知らないうちに、地球はオタクどもに乗っとられつつある。日本の三国時代とやらも、いつまでつづくものやら。だいたい、三国時代というのは不吉な喩《たと》えではないか。天下を統一したのは、三者のいずれでもなく、新興の第四勢力だったはずだ。まさか、「偏食系オタク」ではないだろうな。

ガラになく日本の未来を憂えたあと、私は、ふとあることを考えついた。

II

ほんとうなら、室町由紀子に話しておくのが、いちばんよかった。昨夜の事件である。

涼子のいうように「サーベルタイガー」が出現したとは、ちょっと信じがたい。だが、得体《えたい》の知れない怪物が、町のまわりをうろついているのはたしかで、注意を喚起《かんき》しておく必要があった。岸本ならサーベルタイガーを信じるかと思って、最低限のことを話してみたのだが……。

「あはは、冗談でしょ、泉田サン」

「そう思うか？」

「B級モンスター・パニック映画の観《み》すぎですよ。ダメですよ、現実と空想との区別をちゃんとつけなくちゃ」

おまえがいうか。私は、敵意が殺意に成長しようとするのを、かなりのエネルギーでおさえつけた。朝食分、ぜんぶ費《つか》ってしまった。

呼吸をととのえて、私はいった。

「ま、忠告はしといたからな。おぼえておいてくれ。ところで、お前さんたちは、これからどこへいくんだ？」

「秘密です。いえね、じつをいうと、どこへいくのかボクらも知らないんですよ。この町で、つぎの指示待ちなんです」

「そうか、ま、こっちも似たようなもんだ」

岸本との不毛な会話を打ち切って、上司のところへいってみると、あんのじょう、外交官たちにケンカを売っている最中だった。

「さっきの口のききかたは、自分たちとあたしとの地位を天秤《てんびん》にかけて、何をどういうか計算してたんでしょ？」

「お、おい、君」

「ま、あんたたちの天秤が狂っていても、あたしの責任じゃなし、知ったことじゃないわ。そんなことより、尋きたいことがあるのよ」

わざとらしく浅川が威儀《いぎ》をただした。

「答える義務があるのかね」

「答えなきゃそれでいいけど、警察や検察には冤罪《えんざい》とかリークとか、強ーい武器があるのを忘れないでね。お子さんが私立の名門校を受験するとき、サマタゲになったらこまるでしょ」

「きょ、脅迫する気か」

「うるさい、これ以上ムダな時間を費わせたら、あたしも本気になるからね。さて、そもそも変態殺人鬼の日下公仁《くさかきみひと》が、シベリアのこんなカタイナカにいるなんて情報、いったいどこから入手したの？　おかげであたしたちはいい迷惑なんだから」

おどろいたのは室町由紀子である。私に強くささやきかけた。

「あの日下公仁がシベリアにいるんですって⁉　それ、ほんとなの？」

「そういう情報があったんです」

「信用できる情報なの？」

「その点をいま、私の上司が追及しているところです」

今回は、私は上司をとめる気はなかった。シベリアの片田舎《かたいなか》で、存在するはずのない怪物におそわれたりすれば、温和とか穏便とかいう美しい言葉の無力さを思い知るというものだ。

しばらくの間、涼子の追及の前に、ふたりの外交官は防戦一方だったが。

ついに浅川と大鶴は開きなおった。浅川は顔を真《ま》っ赤《か》にして、大鶴は真青《まっさお》になって、反撃に出たのだ。

「そんなことをいうけどね、君、この情報をにぎりつぶしていたら、君たち警察はどうする？　あとで知ったら、かならず我々を非難するだろう。だから、とにかく警察に通報したんだよ」

「殺人鬼の国外逃亡をゆるしたあげく、国外でもまた逃がしたら、警察は国民からもメディアからも袋だたきだ。そうなるのは君たちの自業自得だが、それに外務省が巻きこまれるのは、まっぴらごめんだね」

「我々の送った情報を判断するのは、君たち警察の役目だろうが」

「ここにいる君たちに指示を下して送り出したのは、警察の上層部だろう。文句があるんだったら、彼らにいいたまえ」

いいコンビだ。ひとりが口を閉ざすと、もうひとりが間髪いれずロを開いて、共通の敵を攻撃する。このご両人、いずれ、次官とかアメリカ駐在大使とかに出世するのだろう。

「まったく警察がそんなだから、昔にくらべて兇悪な殺人事件が増えるんだよ！」

憎々しげに大鶴がいう。メディアからもよくいわれることだ。

ところが事実は大ちがい。

戦後、日本国内の殺人事件は、どんどんへりつづけているのだ。一九五四年（昭和二十九年）には三千八十一件の殺人事件がおきているが、二〇〇九年には千九十四件である。ほぼ三分の一にまで減少している。

「日本の警察がそれだけ優秀なのだ」

と、いばりたいところだが、残念なことに不祥事も続出しているから、大声でいいかえすのは、はばかられる。

「まあまあ、君たち、それくらいにしておきたまえ」

なだめ役としては尊大な態度で、島倉が口をはさんだ。

「おたがい、国家をささえる優秀なキャリアじゃないか。ケンカすることはない。こちらの美人に、すこしばかり事情を教えてあげても、べつに国益には反さないだろうよ」

どうやら自慢話をしたがるタイプのおえらいさんらしい。たのみもしないのに話しはじめた。

「この一帯に、極東で最大のスキーリゾートをつくる。ホテルに温水プール、シベリア各地の動物を集めたサファリパーク、スノーボード専用のゲレンデ、それに何といってもカジノだな。宮殿みたいに豪華なカジノだ」

「お客は中国の富裕層ですの？」

「おや、君でもそのていどのことはわかるらしいな」

　島倉は涼子に向かって満足そうにうなずく。自分で自分に重罪宣告したようなものだが、もちろん本人は気づかない。

「中国の富裕層は全人口の一割しかいないというが、それでも日本の総人口とおなじだし、今後はますます増える。ここにはいくらでも土地があるし、日本式のサービスを提供すれば、いくら投資しても、すぐに回収できる」

　聴きながら、私は妙な違和感をおぼえた。

　島倉が観光業者や不動産業者なら、「とらぬタヌキの皮算用」と笑っていればいい。だが、島倉はたしか原子力産業界の巨頭ではなかったか。畑ちがいのことに、なぜこんなに熱心なのだ。

「まだまだあるぞ。屋内スケートリンクもつくって、ショーもやるし、いずれは冬季オリンピックを開いてもいい。何といっても、中国人はいまカネの使途《つかいみち》にこまってるからな」

　かつての日本人もそうだったらしいが、現在の富裕な中国人も、何だか浪費にとりつかれているような印象がある。百年前のアメリカ人もそうだったらしい。南北戦争後のアメリカは「金ピカ時代」と呼ばれ、教会では牧師さんが、こんな説教をしたそうだ。

「おカネは善良で正しい人のもとに集まります。逆に、悪人のもとからは逃げていきます。つまり、金持ちは正義の人であり、貧乏人は悪人なのです。慈善とか福祉とかいって、貧乏人を救うのは、神の御心にそむき、悪をたすけることになるのです。貧乏人をどんどんへらし、悪を亡ぼさねばなりません！」

　この思想は二十一世紀になっても茶会党《ティーパーティー》などに受けつがれ、

「医者にかかるおカネがないのは、本人の心がけが悪いからよ！　保険制度で貧乏人を助ける必要なんかないわ！」

　という声のもと、アメリカの乳幼児死亡率が先進諸国のなかでとびぬけて高い原因となっている。こんなうんざりする話の他方では、億万長者が何十億ドルもの慈善基金を設《もう》けたり、多くのボランティアが人助けにとりくんだりするのが、アメリカ合衆国だ。

　いや、このさいアメリカはどうでもいい。島倉は国家事業みたいなことをいっていたが、しょせん企業活動だ。よほど政財界でVIPあつかいされているのだろうが、こんな俗物の警護に駆り出された室町由紀子が気の毒である。私は以前、警護官《SP》の候補にあげられたことがあるが、SPになっていたら、こんなやつを生命《いのち》がけで守るはめになっていたかもしれない。

「うまくいくといいわねえ」

　涼子は、あざけりを露出させていた。

「でもさ、インドでも中国でも韓国でもベトナムでもいいけど、『百年前はよかったなあ』なんていってるアジアの国がどこにあるってのよ。日本だけでしょ、百年前をなつかしんで、あのころにもどりたがってるのは。スタートラインから後ろ向きになってるんだから、相手がインドだろうと中国だろうと、勝てるわけないのよ」

　一挙にまくしたてられて、島倉も浅川も大鶴も絶句した。

　涼子のいうことは、いささか乱暴だが、そうまちがっているとも思えない。二十一世紀にはいって、とみに日本は閉塞感《へいそくかん》が強まり、「日露《にちろ》戦争のころの日本は、すばらしかったなあ」なんていってる間に、国内総生産《GDP》やら何やらで中国に追いぬかれてしまった。私なんかにはよくわからないが、「ぬかれたらぬきかえせ」でもなく、のんびり鈍行列車の旅を楽しむでもないようだ。あせってまたころばなければいいのだが。

「ま、シベリアを食い物にするのは、あんたたちのかってだけど、土地の言葉はしゃべれるの？」

涼子の問いに、差別感むき出しの返答がかえってきた。

「私はロシア語と英語とフランス語はしゃべれる。だが、ローカルな先住民の言語などしゃべれない。エベンキ語、ヤクート語？　やつらにせめてロシア語をしゃべらせるべきだ。君たちはどうなんだ？」

「専門家、とまではいかないけど、ペトさんは何とかなるっていってるわ」

「ふん、ペトロフスキーか。やつ、何かあやしげな行為《まね》はしていないかね」

浅川は、ペトさんの後姿に、猜疑《さいぎ》の視線を投げつけた。

「あやしげな行為をするようなやつを、あたしたちのガイドにつけたの？」

「君たちは警察だろう。あやしい行為を見つけて、つかまえてくれれば、我々は助かるんだ」

「それにしても、ひどい僻地《へきち》だな」

大鶴が町を見まわすと、浅川が口もとをゆがめた。

「だいたいシベリアはカナダとおなじ緯度にあるんだからな。カナダとおなじていどに発展していて不思議はない。地下資源だって豊富なんだし。それが、このありさまなのはロシア人どもが……」

浅川は口をとざした。それ以上いうとまずい、と、気づいたようだ。

島倉が、腹部についた皮下脂肪のかたまりをゆすって笑った。豪快ぶりを見せたいのだろうが、残念ながら時代錯誤《アナクロ》だった。

「けっこうじゃないか、だからこそ我々が開発してやればいいんだ」

「そのためにわざわざやって来たのね」

「そう……」

涼子のさりげない口調に、つい誘われかけて、はっとしたように島倉は返答を中断した。

「君には関係ないことだ。キャリアならキャリアらしく、身のほどをわきまえて言動に注意するんだな」

島倉は背を向けると、霜を踏みくだき、外交官たちをしたがえて歩き去った。その後姿に向かって、涼子が悪童っぽく舌を出してみせる。

人間でも企業でも、ライバルをうしなうと堕落するという。イデオロギーもそうらしい。社会主義というライバルが自滅したあと、世界は資本主義の支配下におかれたが、リーマン・ショックだの、EU危機だの、ヘッジファンドがどうしたの、デリバティブだの、ポートフォリオだの、暴走をつづけたあげく、「一パーセントの人間が九十九パーセントの富を支配する」というスバラシイ新世界ができあがってしまった。

「つくづく、ライバルってだいじですねえ」

「まさか、お由紀のことといってるんじゃないでしょうね」

「ライバルじゃないんですか」

「オオアリクイも笑わないような冗談はやめてよ。いったいあの女のどこがラで、どこがイで、どこがバで、どこがルだっていうのさ。蚊《か》がライオンを刺したからって、蚊がライオンのライバルだという人はいないでしょ」

まさか単語を分解して反撃してくるとは思わなかった。たぶん私は目を白黒させたことだろう。

「ホラ、今度は君のライバルが来たわよ」

毒気たっぷりに涼子が笑う。彼女の指先に、岸本明の姿が見えた。

III

「泉田サン、いろいろタイヘンですねえ」

げっそりしている私に、岸本が笑いかける。涼子は「まかせたわよ」と一言、口笛を吹きながら一歩さがった。

「何の用だ、いそがしいんだけど」

「いやあ、観光でなら来られないようなところに来て、せっかくおあいできたんですから……」

「来たくて来たんじゃないぞ」

「でも、せっかくお涼サマもいらっしゃることだし、場所もいいし」

「どういいんだ」

岸本は何やらオゴソカに語りはじめた。

「現在《いま》を去ること百余年、一九〇八年、ロシア革命の前夜ともいうべき騒然たる時代、シベリアのツングースカ川上流、人跡未踏《じんせきみとう》の大樹海のただなかに、夜空を引き裂いて巨大な流星が落下したのであります。世にいう『ツングースカの大隕石《だいいんせき》』ですね」

「知ってるわよ、それくらい。常識じゃない」


私は知らなかった。常識人じゃないからだな、きっと。

「その後、革命のため、この大事件も放っておかれました。ソ連の時代になって探検隊が調査に出かけましたが、樹海のただなかでは、半径二十キロにわたって樹木がすべて倒れ、焼けこげていたそうです。肝心の隕石はというと、これが欠片《かけら》ひとつ見つからず……」

「それって変な話じゃないか」

「フシギな話っていうんですよ」

フシギなのはお前の脳の内容《なかみ》だ、と思っていると、涼子が近くにいたペトさんを呼んだ。

「ツングースカって、ここから近いの？」

「近いです」

「ペトさん、悪いけど、あなたの『近い』は、ちょっとあたしたちとちがうの。何キロぐらいの距離かしら」

「千二百……千三百キロかな、そのくらいですヨ」

「直線で？」

「ハイ、直線で」

「なるほど、モスクワよりは近いわね」

「立ち寄るですか？」

「今回はやめとくわ」

いつか立ち寄る気なのだろうか。

ペトさんが、何か思い出したように、頭に手をやった。

「ソーイエバ、何年前でしたっけ、ノボシビルスクにシベリア科学アカデミーがあるですが、そこから科学者が十人ばかり、ツングースカの調査にいったですよ」

「そのノボシビルスクからやってきた科学者たちって、何をやったのかしら」

「地球温暖化に関する論文でも書いたんじゃないですか」

「根拠は？」

「すみません、単なる臆測です」

さっさと私があやまると、涼子は舌打ちしそうな表情をしたが、ペトさんを見ながら態度と話題を変えた。

「で、ペトさんは今後もあたしたちのガイドをしてくれるの？」

「ハイ、そのツモリですが、今日やってきた日本人の人たちのほうがヨロシですか？」

「あんなやつら、ハムスターより役に立たないわ。ひきつづき、ペトさんにお願いしたいんだけど、どう？」

「アリガトございます。がんばるです」

ペトさんは満面に笑みをうかべ、留置場においたままの荷物をとってくる、といって、いそいそと立ち去った。岸本も、遠くから室町由紀子に呼ばれ、いささか残念そうに立ち去る。

「ところで、その秘密都市に、固有名詞はあるんですか？　いえ、記号でも番号でもいいんですが」

私が問うと、涼子はつまらなさそうに手帳をとり出した。

「ええと、ЖЛШ《ジェエリシャ》2247、だって」

「どんな意味ですかね」

「ロシア文字と数字の組みあわせというだけでしょ」

涼子は手帳を読みすすめた。

「一九五二年、人間の姿をした悪魔ヨシフ・スターリンの晩年に、建設が開始された。翌年、スターリンが死んで、建設が中止された。一九八一年、ソビエト共産党書記長ブレジネフの晩年に、建設が再開された。翌年、ブレジネフが死んで、再建は中止された……」

私はいささか神経質な笑声をたてた。

「旧ソ連の独裁者たちにとっては、あんまり縁起のいい都市ではなかったようですね」

「ま、いい気味だけど、こんな記録、表面上のものだけで、裏ではいつどんなことがあったか知れたものじゃないわね。だいたい、日本だって、廃村を利用して、秘密基地をつくってるやつがいるかもしれないし」

「日本にそれほど計画的に悪事をしでかすようなやつがいますかね」

「そうね、単に私腹を肥《こ》やすだけなら、いくらでも合法的にできるもんね。中東やアフリカの独裁者なら、ひとりで何兆円も独占する。日本の場合は、何万人かの官僚が、公金の濫用《らんよう》や天下りやらで何億円ずつか、かすめとる。日本に独裁者はいない。いるのは独裁集団よ。吸血鬼はいなくて、ヤブ蚊の群れがいるってことね」

「ムズがゆくなってくる話ですね」

「……あら、日下公仁の写真を手帳にはさんだままだったわ。見る？」

「見せてください」

写真には四人の男が写っていた。日下と、彼の失《しっ》踪《そう》時《じ》にクルーザーに同乗していた三人の「友人」だ。この三人も行方を絶っている。日下に殺された可能性が二割、変態殺人の共犯としてともに逃亡している可能性が八割といわれている。

日下公仁。

年齢はもう五十近いはずだが、十歳は若く見える。頭髪は半分白くなっているが、量はまだ充分豊かで、彫りの深い鋭角的な顔立ちは、甘さと威厳のバランスがとれ、背も高く、姿勢も正しくて、堂々たる容姿だった。なるほど、大量殺人犯でありながら、無責任なファンがついているだけのことはある。

彼にくらべると、三人の「友人」、月岡洋二郎《つきおかようじろう》、葉梨伸行《はなしのぶゆき》、金丸裕介《かなまるゆうすけ》は、かなり落ちる。月岡は背こそ高いがやたらと胴が長く、餓死寸前のように痩《や》せこけていた。対照的に葉梨は、ぶよぶよに肥満しており、気味が悪いほど色が白い。金丸は背が低く、しまりのない口から黄色い前歯がむき出しになっている。

人を外見で判断するのはよくないが、この三人が日下にカリスマ性で遠くおよばないのはあきらかだった。おなじ内容の演説でも、日下が話すときと月岡たちが話すときとでは、聴衆の反応がまったくちがうだろう。とくに女性の。

Ⅳ

日下はまともな道を歩んでも、代議士か知事ぐらいにはなれたのではないだろうか。ＴＶの討論番組でスターになったのはまちがいない。そのあと無党派と称して選挙に出馬するのが、現代ニッポンにおける権力者への最短コースだ。

その道を、日下は選ばなかった。選んだのは、他人に苦痛をあたえ、生命をうばって快楽を満足させる、おぞましい迷路だった。

日下には日下の主義主張があるのだろうが、一般市民や警察がそれを理解してやる義務はない。まして犠牲者やその遺族が。

「日下は法の裁きを受けて当然ですが、見つけたらどうします？」

「それは……見つけてから考えるわよ」

信用しにくいことをいって、涼子は私の手から日下たちの写真をとりあげた。そこへ室町由紀子が、しかたなさそうに歩み寄ってきて、めんどうくさそうな涼子と何やらささやきあう。キャリアどうしのご密談だ。私は気をきかせたつもりで一歩しりぞいた。すると、ペトさんから話しかけられた。

「ミールヌイには世界有数のダイヤモンド鉱山がある。そこと何か関係あるかもしれないですね」

「近いんですか？」

「近いです」

ペトさんが断言する。

「たった千百キロかそこらです」

「直線距離ですよね？」

「ハイ」

どうやら皮肉は通じなかったらしい。だが、ペトさんは残念そうにつづけた。

「ただ、ミールヌイは、ある場所よくない」

この町よりよくない場所が存在するらしい。

「サハ共和国のなかにあって、ワタシたち自由に出入りできないですネ」

どうも私たちは勉強しなおす必要がありそうだった。ロシアは連邦共和国で、もちろんひとつの国家ではあるのだが、その内部に、共和国やら州やら自治州やら自治管区やら地方やらを何十もかかえこんでいる。でもって、「サハ共和国大統領」とか「バシコルトスタン共和国大統領」とか、何人の大統領がいるやらわからない。

サハ共和国と呼ばれる土地はもともとヤクート族の居住地で、北極海までつづく広大な土地だ。面積は約三百十万平方キロというから、日本の八倍以上。ただし人口は百万人をこえるていど。ミールヌイのダイヤモンド以外にも地下資源が豊富で、日本の財界も石炭や天然ガスの開発に手を出しているそうだ。

由紀子が私をかえりみた。

「もしサハ共和国が中央政府《モスクワ》と衝突して、完全独立を要求したりしたら、たいへんなことになるでしょうね」

「独立はけっこうですが、完全独立して自力でやっていけますかね」

「さあ、そこまではわたしにはわからないけど……」

由紀子がいいよどむ。こういうときには、拒絶されることを承知の上で、質《ただ》してみるのが礼儀というものである。

「けど、何でしょうか」

「悪いわね、ちょっといえないわ」

「すみません、出すぎました。おゆるしを」

「いいのよ。それにしても、スタノボイ山脈に来ることになるなんてね。想像もしなかったわ」

「私は名前も知りませんでした」

「中国名は外興安嶺《がいこうあんれい》というのよ」

「あ、はい、そう聞いておりますが」

何だかうれしそうに、由紀子はうなずいた。

「清《しん》の時代には、この山脈が中国とロシアの国境だったのよ。『ネルチンクス条約』とか『愛琿《アイグン》条約』とか、世界史の授業で習わなかった？」

「まあ、いちおうは……」

おはずかしい話である。教師によるだろうが、条約やら税制や土地制度や年代やらの暗記ばかりで、教科としての世界史は、私にとって愉《たの》しいものではなかった。

「本気になって発掘調査すれば、世界遺産クラスの遺跡が見つかるでしょうね。渤海《ぼっかい》、遼《りょう》、金《きん》、元《げん》、明《みん》、清……千年にもわたる歴代王朝の」

「よくおぼえてるわね」

説明するまでもなく、涼子が口にしているのは、賞賛ではなくてイヤミである。もちろん由紀子のほうも先刻、ご承知であった。

「ありがとう、でもわたしは世界史の授業をまじめに受けていただけだから、ほめられるようなことではないわ」

「まじめしか売り物のない人間って、あつかいにこまるのよね。一字まちがうと、みじめになるしさ」

「えーとですね、ネルチンスクって、イルクーツクの近くでしたっけ」

心臓に冷や汗をかきながら、私は口から出まかせをいった。大学受験時代のうろおぼえだが、神さま仏さま、そう的はずれでもなかったらしく、由紀子は涼子を無視して私に対応してくれた。とりあえず危機回避。

「だいたいそうね。そのイルクーツクに日本語学校が設立されたのは一七五四年。ロシアは本気で日本との外交や貿易を考えてたのよ」

「でも、日本は鎖国していましたからね。気の毒ですが、ムダな努力でしたね」

「このごろの歴史学者たちは、『鎖国』という言葉は使わないの。『鎖国令』も出ていないし、オランダ、中国、朝鮮とは交流があったでしょ。限定的だけど、全部の窓が閉まっていたわけではないのよ」

「なるほど……」

感心したが、すこし警戒する気分が頭をもたげた。私はオタクに対して過敏になっているから、熱弁をふるう室町由紀子が「歴史オタク」ではないか、と、すこし心配になったのである。

今度は外交官のだれかが「ムロマチさーん」と呼んで、由紀子は小走りに去っていった。

「おーおー、まじめな飼犬もたいへんだわ。シッポも振らなきゃならないし」

涼子がニクマレ口をたたく。

私たちはあらためて地図をながめた。

「しかし、まあ、こんな地図をよく平気で発行してたもんですね」

「べつに旧ソ連だけじゃないわよ」

涼子は茶色の前髪をかきあげた。

「太平洋戦争前の日本だって、地図をつくるのは陸軍参謀本部で、要所は空白だらけだった。重大な軍事機密だという理由でね」

「機密が多い国ってのはイヤですね」

と、部下たちはうなずく。

「それがいまや、気象ニュースのたびに、関東地方の今日の放射線量は――ってやってるんだから、日本も進歩したもんよね。世界のお手本だわ、ホントのことをいってるなら、だけど」

いいたいことをいうと、涼子は自分からその場をはなれる。ついてこいといわれなかったので、私は残る。地図の両端をにぎった阿部巡査と貝塚巡査が異口同音にたずねた。

「このあと、どうなるんでしょうね」

「さあな」

としか答えられない自分が、いささかアワレである。

「まあ上司にしたがうしかないんだ。ご下命《かめい》を待つだけさ。気をゆるめないでおいてくれ」

この日の午前中は、やたらと長く、うっとうしく感じられた。この長い名前の町には何の罪もないが、さっさとここをはなれたかった。涼子にどこへつれていかれようと、ついていく気になっていた。

十一時をすぎたころだろうか、地面が鳴って、何やら重量感のあるものが町の外からはいってきた。その後に、日本製の中古トラックがつづいている。

「リョーコ、とどいたわよ!」

そういったのだと思う。迷彩をほどこした鋼鉄の車体の上で、タマラ・(略)・パラショフスカヤが陽気に手を振っている。

唖然として、私は、巨大な車体を見やった。

V

「せ、戦車!?」

「ノー、装甲兵員輸送車よ。見たらわかるでしょ」

涼子にそういわれて見なおすと、キャタピラではなく車輪走行のようである。タイヤ、といってもただのタイヤではないだろうが、巨大なタイヤが八つもついている。車体の全長は七、八メートル。幅は三メートル近い。人間だけなら二十人はつめこむことができそうだ。

「どう思う？　泉田クン」

「はあ、たのもしいですね」

「エンジンが二基ついてて、それぞれ左右の四つの車輪を動かすようになってるの。エンジンは九十馬力の液冷六気筒ガソリン・エンジン。最高時速八十キロ。水陸両用で、水中ではウォータージェット・エンジンを使うの」

私は装甲車の前面上方に突き出たものを指さした。

「ところで、あれは何です？」

ごまかすかと思ったが、涼子はあっさり返答した。

「機関銃よ。口径七・六二ミリ」

「まずいじゃないですか！」

「しかたないでしょ、くっついてるんだもの」

「とりはずしましょう」

私がいうと、涼子はブルゾンのポケットから紙片を引っぱり出した。

「あのさ、泉田クン、資本主義社会でイチバンたいせつなものってわかる？」

「何ですか、いきなり」

「いいから答えなさい」

「……契約ですか？」

「そうよ、君、ちゃんとわかってるじゃない」

涼子は勝ち誇ったように、ロシア語を書きつらねた紙片をひらひらさせた。

「これ、タマラから装甲車を借りたときの契約書なんだけどね。借りてる間、車体にいっさいの改変を加えないこと、って書いてあるの。契約を破ったりしたらいけないわよねえ」

「どこに書いてあるんです？」

一瞬、涼子は虚を衝《つ》かれたような表情になり、契約書に視線を走らせた。適当な箇処《かしょ》を指さす。

「えーと、ほら、このあたり」

「といわれても、わかりません」

「わからず屋ね、まったく」

「それは意味がちがうと思うのですが」

むなしくあらそっていると、タマラの指示で男たちが戦車、いや、装甲兵員輸送車の前に、つぎつぎと荷物を運んでつみあげている。いずれも頑丈そうな木箱であった。

「ずいぶんな荷物ですね」

「シベリアの原始林《タイガ》に手ブラではいりこむような『暴虎馮河《ぼうこひょうが》の勇』、あたしにはないからね」

「暴虎馮河」とは、無謀な行為のことで、「トラと白手《すで》で闘い、黄河を歩いて渡る」という意味である、たしか。

「暴虎馮河を絵に描いて色をぬると、自分のことになるくせに」

「何かいった⁉」

私をにらみつけると、涼子は、木箱のひとつに手をつっこんだ。

「まだあるんだから。カラシニコフ自動小銃。別名AK47歩兵突撃銃」

「ちょ、ちょっと」

「はい、つぎはこれ」

「拳銃……」

「そう、マカロフ九ミリ自動拳銃。護身用にひとり一丁」

「ロシア国内で日本人が武器を所有しちゃ、まずいでしょ！」

「借りただけよ。帰ってきたら、ちゃんとタマラに返すわよ」

これらの物騒《ぶっそう》な品物を、タマラは合法的に調達したのだろうか。何しろ薬師寺涼子と友好関係にある女性だ。世界征服構想の一翼をになっていたとしても、フシギではない。

「あくまで護身用よ。シモ・ヘイヘみたいな技倆《うで》、君たちに期待しちゃいないわよ」

「シモ・ヘイヘって？」

日本人の感覚からいうと変な名だが、有名人なのだろうか。

「人を射殺した世界記録の所有者」

「殺人鬼ですか⁉」

「ノー、フィンランド軍の狙撃兵」

涼子の説明によると、こうだ。

第二次世界大戦がはじまってまもなく、独裁者スターリンの命令によって、ソ連軍はフィンランドへ侵攻した。フィンランドはゲリラ戦で必死に抵抗した。いわゆる「冬戦争」である。このとき、シモ・ヘイヘがライフル狙撃によって射殺したソ連兵の数は、五百五名に達した。さらに、サブマシンガンで射殺した人数は、正確な記録はないが、最低でも二百名といわれる。

大国ソ連は四十五万もの大軍と大量の戦車を投入し、小国フィンランドを力でねじ伏せたが、百日間の戦闘で、莫大《ばくだい》な損害をこうむった。何しろシモ・ヘイヘひとりのために七百名以上の兵士をうしなったのだから。

世の中には、コミックの主人公よりすごい人物が実在するものだ。

「それで本人は？　戦死したんですか？」

「享年九十六」

「長生きしたんですねえ」

「シモ・ヘイヘは、もともと猟師だったの。祖国がスターリンに侵略されたから、兵士として戦っただけ。イラクやアフガンのアメリカ軍とちがって、非戦闘員はひとりも殺してない。だから、ソ連軍も、戦争に勝ったあと、彼に手を出すことはできなかった」

「なるほど」

戦場で兵士が死ぬのは当然だろうし、まして小国を侵略した大国の兵士だとすれば、同情もしにくい。しかし、ソ連軍の兵士たちにも家族がいたわけで、それを思えば気も重くなる。

私は人を殺したくないし、殺したこともない。だが今回はどうなるか。生きのびるために、あるいは夢中で、マカロフの引金《トリガー》をひくことになるかもしれなかった。

「さっきの件ですが、どうしても機関銃はとりはずしませんか」

「はずさないわよーだ」

「公表されたら国際問題ですよ」

「ロシアだって、ことさら問題にしたくはないわよ。めんどくさいし、手がまわらないし、日本と事をかまえたいわけでもないしね」

「それはそうでしょうが……」

涼子は私に顔を近づけ、声を低めた。

「ばれないようにするのよ。それが校則を破るときの絶対必要条件でしょ」

「校則と国際法をいっしょにしていいんですか」

「どうちがうのよ」

そう開きなおられて、即答できないのが私の弱点である。いちいち理由を考えていると時間がかかるし、「とにかくダメです」と、強気に出ることもできない。どこまでも上司についていく、という覚悟があればいいのだが、その上司たるや暴虎馮河の魔女なので、ホントにそれでいいのか、と、良識の声が私をとがめる。どうにも中途ハンパだよなあ、と、反省せざるをえない。

涼子とタマラが装甲車の上と下で愉《たの》しそうに会話をはじめると、マリちゃんこと阿部巡査が私に近づいてきて、太くて低い声を出した。

「とめなくていいんですか？」

「とめてとまる女《ひと》じゃないだろ」

私は急に思いついた。

「マリちゃん、君と貝塚くんはここから帰れ。巻きこまれるのは、おれひとりでいい」

「そうはいきません。自分もオトモしますよ。その、すこしは戦力になるでしょ」

「……そうか、じゃ、そうしてもらおうか」

じつのところ、ありがたい。阿部巡査がいてくれれば、戦力の強化はすこしどころではない。

「しかし貝塚くんはなあ……嫁入り前の娘だし、ちょっとまずいだろ」

「そうですね」

涼子だって嫁入り前の娘なのだが、その点については、私も阿部巡査も口にしなかった。当の涼子が首謀者なのだから、配慮の対象にはならない。

貝塚さとみは装甲車の車体の向こうがわにいて、めずらしそうに見まわしている。私は阿部巡査をともなって彼女に近づき、この町にとどまるようにいってみた。

だが、当の貝塚さとみが、その提案を肯《が》んじなかった。

「わたしがひとりでこの町に残るんですかあ!? 絶対イヤですよお！ 警視や警部補たちとごいっしょします」

「洪家菜館の水ギョウザはうまいぞ」

「シャワーもひとりじめできるし」

貝塚さとみは憤然と首を横に振った。

「そんな甘言《かんげん》には乗りません！ 言葉は通じないし、トラかクマかわからない怪物は出てくるし――第一、水ギョウザにつられて、こんなところにいすわったりしたら、香港の人たちにあわせる顔がありませんよ！」

香港を持ち出されては、これ以上、説得は不可能である。また、ここに置き去りにするくらいなら、最初からつれてくるべきではなかった。

「わかった、みんなでいっしょにいこう」

「よかったあ」

貝塚さとみが手をたたいたとき、洪さん夫妻が両手に大きな缶詰をいくつもかかえてあらわれた。

「トナカイの肉の缶詰です。ぜひ持っていってください」

トナカイは鹿の一種で、鹿は牛の仲間だ。肉自体はおいしいだろうが、問題は味つけである。しかし、そんなゼイタクをいっていられる身分ではない。礼をのべて、木箱のひとつに放りこむ。黒パン、チーズ、鮭の缶詰、チョコレートバー、カップラーメン、ソーセージ……と食料を点検していくうち、阿部巡査が、こわい顔にてれくさそうな表情をうかべた。

「何だか、子どものころ読んだ秘境探検マンガを思い出してきましたよ。すみません、不謹慎で」

「かまわんさ。もっとも、秘境じゃなくて魔境だろ……それにしても、何日分ぐらい用意してあるのかな」

装甲車の車体の側面にあるハッチから、木箱を車内に運びこむ。車内には、操縦席と助手席の他、左右の壁にそって長いシートがあり、たしかに二十名ほどの成人《おとな》がすわれるスペースがあった。窓はないが、息苦しさは感じないですみそうである。

十二時十五分前。操縦席には涼子自身がつき、助手席にはペトさんがすわり、私と阿部、貝塚の両巡査がシートにかけた。ハッチが閉まる。

「よおし、それじゃ悪の秘密都市に向けて出発！」

ほがらかに涼子は叫んだ。一行総勢五名。元気で明るいのは、彼女ひとりである。

第四章　目的地は何処《いずこ》

I

装甲車は威風堂々と町を出発した。

といいたいところだが、もちろん楽隊の演奏もなければ、旗を振る人もいない。「変なヤポンスキーたちが出ていくぞ」といいたげに、何人かが見送ってくれただけである。

私は車内を見わたした。武装した兵士が二十名は乗れるという話なのだが。

「ずいぶん座席があまってますね」

「旅行会社の添乗員みたいな心配しなくていいわよ。帰路《かえり》は満席になるから」

つまり日下公仁とその一党をつかまえて凱旋《がいせん》する、と、涼子は確信しているのであった。

左右対面型のベンチシートに腕を組んですわっていると、見知らぬ土地へ拉致されていく気分になってくる。私と一メートルぐらい離れて阿部巡査がすわり、私の対面には貝塚さとみ巡査。ふたりとも役に立つ警官なのだが、どう考えても人材のムダづかいのような気がしてくる。

私をふくめて三人とも無言のうちに、未舗装の道路を一キロほど走った。

ハッチを閉める寸前に見た室町由紀子の顔を、私は想い出した。彼女らしく冷静な表情に見えたが、理性のヴェールをすかして、不安と困惑がちらついているような気がした。

岸本明なんぞどうでもいいが、室町由紀子はこれからどこへいくのか。まあ薬師寺涼子のあやしいグループより、はるかに計画も準備もととのっているようだから、気づかうのはよけいなお世話であろう。ちゃんと外交官も同行している。

「どこへいくんでしょうね」

阿部巡査が口を開いた。

「気になるかい」

返事にならない返事を私がすると、貝塚さとみが、ちらりと操縦席のほうを見やった。つられて私も見てみると、涼子とペトさんの後姿が左右にならび、計器やらボタンの列やら小さなハンドルやらレバーの類《たぐい》がちらちら見える。横長の監視窓は防弾ガラスだろう。

あらためて車内を見わたすと、左、右、後の三方にごく小さな円窓があった。

「車外《そと》がよく見えないっていうのは、ちょっと不安ですね」

阿部巡査につづいて貝塚さとみが口を開く。

「でも、この装甲なら、昨夜《ゆうべ》のあの怪物も、手も足も出ませんよね」

「やつには最初から手なんかなかったよ」

いってから、私は、自分のセンスのなさに恥じいった。

「いや、すまんすまん、つまらんギャグだ、忘れてくれ」

「べつにかまいませんけど、あのー、薬師寺警視にもいつもそういう調子なんですかあ?」

「え?」

阿部巡査がなぜかあわてたように口をはさんだ。

「しかし、あれ、ほんとにサーベルタイガーだったとしたら、大発見ですよ。学術調査隊が出ていって確認したら、世界じゅう大さわぎでしょう。パンダどころじゃないですよ」

「パンダは人を食べないと思いますけどお」

貝塚さとみが異論をとなえる。私もつい口を出した。

「よく知らないけど、哺乳類《ほにゅうるい》なんだから、一頭だけじゃ繁殖できんだろう?」

「一頭だけじゃないかもしれませんよお」

「三十頭か五十頭ぐらいいなきゃ、種としての存続はできないはずだ。それだけいれば、いくらシベリアのはしっこでも、これまでに目撃者がいるはずだと思わないか？」

「ウワサぐらいたちますよねえ」

「でも、そんなウワサ、聞きませんね」

両巡査にむかって、私はうなずいた。

「つまり、あのサーベルタイガーとやらは、野生じゃないってことだ。どこかに飼主《かいぬし》がいる」

これは昨夜から考えていたことだ。両巡査がそれぞれ「うーむ」という表情をつくる。と、声がした。操縦席のほうからだ。

「クローン生物だとでもいいたいの？」

「警視、前を見て操縦してください！」

「うるさいな、わかってるわよ。ま、このごろはクローン技術も安っぽくなってるから、サーベルタイガー以外にもいるかもね」

「じゃあ、たとえばマンモスなんかも？」

皮肉を冗談で水割りしたつもりだったが、返答は簡にして要を得ていた。

「そうよ」

「え、しかしそれはサーベルタイガーよりむずかしいんじゃないですか」

「かえって現実的だといわれてるわよ。日本の科学者のアイデアなんだけどね、象のなかでもマンモスといちばん遺伝子が近いのは、アフリカ象なんだって」

「はあ」

「それで、マンモスの冷凍された精子をアフリカ象の卵子と結合させる。するとどうなる？」

「五十パーセントの混血マンモスが生まれるってわけですか」

「そう。そしてつぎに、マンモスの精子と五十パーセント混血マンモスの卵子を結合させると……」

七十五パーセント混血マンモスが生まれる。こんな具合にくりかえしていくと、十回めには、九十九・九パーセント、ほとんど完全なマンモスの復活が実現するというわけだ。

計算上は確実なんだろう。だが生物は数式と化学式だけで存在するわけではない。意外な陥《おと》し穴がありそうな気がする。

涼子がにわかに操縦席から立ちあがった。

「泉田クン、おいで」

「はい?」

「操縦はペトさんにまかせて、ちょっと外の空気を吸うから」

ひとりでも空気は吸えるはずだが、さからうようなことでもないから、私は疑問符ぬきの「はい」で応じて、座席から立ちあがった。

助手席から操縦席にうつったペトさんが、陽気に手を振る。私は肩をすくめてそれにこたえ、上司につづいてハッチを出た。装甲車の屋根は平らだから、すわる場所にはこまらない。上司は機関銃座のすぐ近くに腰をおろし、周囲を見まわした。

家一軒見あたらない。人っ子ひとりいない。自動車一台通らない。これだけで日本人には充分、異世界だ。

有名な富士山麓の青木ヶ原樹海《あおきがはらじゅかい》は、三十平方キロ。私たちがいる樹海の広さは、その十万倍以上。それに、すくなくとも青木ヶ原にはトラやヒグマはいない。もちろん、サーベルタイガーも。

「君の席はここ」

上司の指定する場所に腰をおろす。上司は前方を向き、私はそのすぐ後ろに右向きですわる形になった。

ダウンジャケットの背中は、今朝、貝塚さとみが縫ってくれたが、羽毛がかなり飛び散ってしまったので、すこし薄くなっている。肌寒いので、「服に貼る懐炉《カイロ》」というやつを使用中だ。いささか気恥ずかしいが、パーティーに出るわけでもないし、この種のささやかな発明は、日本人の得意技だろう。

しばらく混合樹林の列をながめていた涼子が、ふいに口ずさんだ。

「シベリアの風に吹かれて秋の空」

「総監の新作ですか」

「あたしのよ！」

「それは失礼しました」

警視総監は、評判の悪い人ではないが、自分が俳句の名人と信じこんでいるのが欠点である。「桜田《さくらだ》門《もん》の松尾芭蕉《まつおばしょう》」などと持ちあげるメディアもよくないが。

「総監も、免職《クビ》にならずにすみましたねえ」

「ま、事件自体なかったことになってるからね。官僚機構とメディアがしめしあわせれば、真相を闇に葬るなんて、日本ではたやすいことよ」

官僚である涼子が断言するのだから、まちがいない。残暑の候に警視庁をさわがせたある大事件も、もはや過去のことだった。

II

装甲車は難路をすすみつづけている。ペトさんも操縦ができるとは思わなかったが、その前に、上司に対していうべきことがあった。

「あなたはロシアの装甲車の操縦までできるんですね」

「あんなもの簡単よ。あたしは超光速宇宙船の操縦だってできるんだからね」

「まさか」

「ウソだと思うなら、ここに持ってきてごらん。あっというまに冥王星《めいおうせい》軌道の外までつれてってあげるから」

「そんなもの持って来られませんよ！」

「つまり君は、あたしがウソをついてると証明できないわけだ。あたしの勝ちね」

何だか論理学の授業で「詭弁《きべん》」について講義され

ている気分になった。

すこし風が巻いて、樹の枝葉がざわめき、涼子の髪をそよがせた。絵になる光景ではあった。

「それにしても広い土地が放置されてるもんですねえ」

「もともとロシアの関心は西のほうにあった。ヨーロッパの一国として認められたかったから。東へ進出して領土だけはやたらと拡《ひろ》げたけど、シベリアは、いわば国内植民地で、本気で開拓する余裕もなかったの」

「広いだけで、取柄《とりえ》なしですか」

「まあ毛皮と黄金ぐらいね。それも生命と引きかえみたいなもんで、成功した人間はごくわずか」

「それで流刑地《るけいち》ぐらいにしか使途《つかいみち》がなかった……」

「過去にはね」

シベリアという地名に暗いイメージを持つのは、ロシア人だけではない。第二次世界大戦中から戦後にかけて、多くのドイツ人、イタリア人、日本人が強制収容所に抑留され、重労働を強制された。酷使と極寒と栄養不足で、何十万人もの犠牲者が出たのだ。

「ただ、暗くない時代もあったんだけど」

「といいますと？」

「日露戦争の前から、ウラジオストクには七千人ばかり日本人が住んでたのよ。戦争後もそうで、日本人がいなくなったのはソビエト連邦の時代になってから」

「へえ、そうですか」

「考えてみりゃ、新潟とウラジオストクとの間の距離って、東京から鹿児島より近いもんね」

「意外ですね」

私は室町由紀子の言葉を想い出した。「環日本海経済圏」がどうとかいっていたようだが、うまくいくのだろうか。もちろん由紀子の責任は、要人の警護までで、プロジェクトの成否は要人のほうの責任だ。私が気にする必要など一ミリグラムもないが、涼子がいったとおり、こんな場所で出くわす可能性と必然性を考えると、妙にひっかかる。

「それより、サーベルタイガーのことだけどさ、シベリアより北アメリカにいた種類のほうが有名なの。スミロドンっていうんだけど」

「で、そのスミロドンとかいうやつは、いつごろ絶滅したんですか」

「ざっと一万年前」

「そんなに最近まで生きてたんですか」

地球の歴史からいえば、一瞬のことだ。私はあることに気づいた。

「それじゃ、人類が絶滅させたんですか？　何万年も共存してたんでしょ？」

「充分ありえることね」

涼子にしては慎重な返事である。

「じゃトラやライオンより弱かったってことじゃないんですか。個体ならともかく、種としては」

ライオンやトラはまだ地球上に棲息《せいそく》しているのだから、私の疑問は、理にかなっているはずである。

涼子は形のいいあごに手をあてた。

「あのばかでかい牙、強力な上半身、それにくらべて弱い下半身……バランスが悪いことはたしかだもんね。進化の過程でいきづまったのかもしれない」

「はあ、でも、そのいきづまった進化の産物がなぜ……」

「シュームナ！」

「は？」

「うるさいって意味よ。あたしの知ってる数すくないロシア語」

「日本語でいってくださいよ」

「君こそ、そのていどのロシア語わかってよ」

「失礼しました」

「失礼、ねえ……」

涼子は宝石のような瞳で私を見たが、私には、その宝石が鏃《やじり》に加工されて、私のほうへ飛んで来るような気がした。

「ときどき、君はあたしに失礼なことをするために生きてるんじゃないか、って気がするわ」

「とんでもないことです」

まったく、とんでもない。私は涼子より先に生まれて、先に警察にはいったのだ。涼子に失礼なことをするために生きているなんて、いいがかりにもほどがある。

突然だった。樹木の間から、忘れることのできない、鋭い圧迫感のある声がひびいた。

「シャアア……」

反射的に、私はマカロフ拳銃に手をかけていた。涼子はといえば、平然として見えるが、緊張の波が優美なボディーラインを高速で駆けぬけるのが、私にはわかった。

「やつが我々をつけてる……？」

最悪の想像だった。装甲車は道なき道をつきすすんでいる。大樹の枝や葉がかさなりあう場所。巨大な岩が壁のようにそそりたつせまい道。石ころだらけの河原。丈《たけ》の高い叢《くさむら》……。

サーベルタイガーが執念ぶかく私たちをねらっているとすれば、身をひそめる場所はいくらでもあった。戦争でもやっていれば、ゲリラ部隊の襲撃に最適の場所であろう。

「鳥の声がする？」

「します。何の鳥かは知りませんが」

「このあたりだと、鳥は日本とおなじものが、けっこういるわ。鳥が鳴いているうちは、まだ事態は切迫《せっぱく》してないからおちつきなさい」

「はあ……」

事態がジグソー・パズルのさなかということはわかっている。だが、私の手には、プレイヤーとして行動できるだけのジグソーのピースはそろっていない。

そろえているとすれば、私の上司だろうか。いやいや、彼女は、ピースなんかそろっていなくても、勝負に出るタイプだ。パズル盤をひっくりかえすぐらい、フロント・ブレックファーストである。

また「シュームナ！」と一喝されるかもしれないが、そうなったら沈黙することにして、私は思いきって尋《き》いてみた。

「私にとって最大の疑問は、日下公仁の資金源ですよ。シベリアの秘密都市をアジトにしてるとして、何年もそれを維持するのは、たいへんでしょう」

さいわい、上司は「シュームナ」とはいわなかった。

「共犯がいるのよ、当然のことね」

「ロシア国内に？」

「ソ連が崩壊してロシアになったとき、天文学的な金額の公共資産が横領されて行方不明になった」

「で、直後に、ロシアには億万長者が何十人も出現しました……でも、全員が不正をはたらいていたとはかぎらないですが」

「うまく立ちまわった、といえばいいのかしらね」


私みたいな凡人には想像もつかないが、いつの時代、どこの国にも、カネをかせぐ名人はいる。天災だろうが戦争だろうが、国が亡びようが関係ない。アメリカ発の大不況が世界を席捲《せっけん》し、失業者や自殺者が続出したときでさえ、何億ドルもかせいだ投資家たちがいた。それはそれとして、日下の共犯もその手合《てあい》だと涼子はいうのだろうか。

「あら、あれ……」

涼子が指さした。見ると、樹林が開けて、磧《せき》というのか、石ころだらけの広場のようになっている。尋常でないのはその色だった。

「一面、赤い石ですね」

「レッド・モスよ」

「そういう名前の石なんですか」

「ちょっとちがうわね」

涼子は装甲車を停《と》めさせると、身軽にとびおりた。手袋をはめたまま石のひとつをつかむ。掌《てのひら》の上でひっくりかえしてみると、裏はごくありふれた灰色の石である。

「石の中に鉄分がふくまれていて、それを地衣類《ちいるい》が食べるの。そのまま石の表面にはりついて、赤く見えるのよ」

「よくご存じで……」

薬師寺涼子といい、室町由紀子といい、物識《ものし》りなことである。

おりてきた阿部と貝塚の両巡査も、めずらしそうに石ころをひろってながめる。と、ペトさんが浮かぬ表情《かお》でハッチから首を出した。前方に沼があって直進できないというのだ。

III

沼を突っきるか。迂回《うかい》するか。

涼子の性格からいえば、「正面突破！」と号令しそうなものだが、見れば柳眉《りゅうび》をかるくひそめ、両腕を組んで考えこんでいる。装甲車が沼底の泥土にはまりこんで動けなくなったらどうするか、というていどの思慮分別はあるらしい。

「よし、迂回してやろう」

自分を納得させるようにうなずいて、ペトさんに指示する。装甲車は、性格の悪い象みたいなうなり声をあげて方角を変え、左へとすすんだ。

「水陸両用じゃなかったの？」

「つくられたときは、そうだったんでしょ」

右方向に沼が見える。空の色を映して、暗く静まりかえっている。装甲車上で何やら鼻歌を口ずさんでいた涼子が私を見やった。

「君も何か歌ったら？」

「歌はヘタです」

「技術じゃなくてココロが問題なのよ」

「それじゃ、せっかくロシアに来たことだし、『ボルガの舟唄』でも……」

「おやめ！　景気の悪い」

涼子はご機嫌をそこねたが、おかげでヘタな歌をうたわされずにすんだ。

ハッチがあいて、貝塚さとみが顔を出した。何だか巣穴から首を出したリスみたいだ。

「そろそろ正午ですよお。昼食《おひる》にしないかってペトさんがいってます」

「妥当な提案ね。だったら、どこか適当なところで車を停《と》めるよう、ペトさんにいって」

さらに五分ほど走って、装甲車はとある川のほとりに停まった。川幅は二十メートルていどか。水は透明で、流れる音も耳にこころよい。平たい大石の上が苔《こけ》でおおわれていて、すわり心地もよさそうである。

サーベルタイガーはともかく、ヒグマぐらいにはそなえる必要があるから、全員が銃を持って装甲車の外に出た。食料を運び出し、大石の上に陣どる。空が晴れていれば、けっこういい気分かもしれない。

「もしロシアの正規軍にでも出くわしたら、めんどうなことになるでしょうね」

「君ったら、よくまあそうつぎつぎと、トラブルの種を考えつくわね。そんなこと考えて楽しいの?」

「楽しいわけないでしょ」

「だったら考えるのをおやめ。食事がまずくなるだけよ。出くわしたら、そのときはそのとき」

食事というのは、ミネラルウォーターにビスケット、チョコレートバーにドライフルーツ、加えて、洪《ホン》さん夫妻がくれたトナカイの缶詰である。栄養的にはそう悪くないはずだが、トナカイの缶詰が開《あ》けられ、各人にまわされると、全員が小首をかしげた。まずいわけではないのだが、味の正体がわからないのだ。結局、ひとりがひと切れずつ口にしただけで、半分以上あまってしまった。

「あれ、あんなところにキノコが」

貝塚さとみが指さす先に、大きなキノコが生《は》えている。カサが真赤《まっか》で何とも目立つ。ペトさんが解説する。

「ムハマールといって、鹿の好物でス」

「へえ、じゃ、うまいのかな」

「いえ、人間は食べるのよくない。食べたら幻覚を見たり錯乱したりするです」

「つまり毒キノコ？」

「たぶん鹿は体内に毒消しの酵素あるですね。人間にはありませんです」

「ふうん、退化したものね」

　警察の上層部《おえらがた》は、薬師寺涼子を、特別に、かつ特殊な方向に進化した人類と考えているフシがあるが、私の意見はことなる。涼子の能力や思考は、人類の範疇《はんちゅう》をとっくにこえていると思う。いきなり土星人《どせいじん》だと告白されてもおどろかない。ホントは木《もく》星人《せいじん》かもしれないが。

　食事のあとかたづけをしながら、貝塚さとみがいった。

「日下公仁って、こんなところでどうやって生活してるんでしょうねえ」

それは私が先ほど涼子に対して疑問をぶつけた点でもあった。

　日下公仁が、旧ソ連の秘密都市を自分好みの魔都に改造して、そこで生活しているとして、資金はどうなっているのだろう。日本国内にも海外にも、巨額の銀行預金があったが、すべて口座を凍結されたはずだ。

　もちろん表面的なものだけである。有名なケイマン諸島とか、租税回避地《タックス・ヘイブン》に隠し財産がたっぷりあるかもしれない。涼子は、日下公仁に共犯がいる可能性について言及したが、私は完全に納得してはいなかった。

「だいたい、ホントに、日下公仁がこんなところにいるんでしょうかあ？」

　身もフタもない質問を、貝塚さとみが発したが、根本的な疑念ではある。

　涼子は笑った。

「心配しなくていいのよ、呂芳春。日下《やっ》がいなかったとしても、あんたのせいじゃないから」

そのとき、はるか上空から耳ざわりな音がひびいてきた。黒い飛影が、私たちの視界を、右から左へ横断していく。

「ヘリです、しかもかなり大きい」

「回転翼《ローター》がふたつついてますもんね」

「新式で豪華に見えるですネ」

「あれって、お由紀たちが乗ってきたやつじゃない？」

涼子の声が、すこしばかり険悪である。自分が中古の装甲車で、宿敵《ライバル》が豪華ヘリ、となれば、こころオダヤカでいられないだろう。

「型はおなじように見えますが、同一のものかどうかまではちょっと……」

「どっちから飛んできて、どっち方向へむかってるの？」

その点も、はっきりしなかった。太陽は雲の上でサボっているし、私たち自身、どちらに向かっているか、よくわからない。中古だけあって、装甲車の衛星位置確認装置《GPS》も旧式のものだし、第一、地図があてにならないのだ。ペトさんがふいに姿を消したりしたら、日本人四名、大樹海のただなかで永遠に迷子《まいご》である。

ロシアに来て以来、私にはさまざまに気になっていることがあったが、すべてを口に出して質《ただ》すわけにはいかなかった。知らんぷりをよそおっていたほうが、状況の急な変化に対応できる。そういう経験を、いやになるほどしているのだ。

もちろん私は万能にも全能にもほど遠い凡人だ。せっかく準備しても、役に立たなかった例が、これまでいくらもある。私の思慮より薬師寺涼子の直感のほうが、はるかに有効なのだ。世の中は不公平だし、神サマより悪魔のほうがずっと勤勉である。

「さあ、ゴミはかたづけたわね、それじゃ再出発よ」

涼子の声は、私の耳に、ちょっとばかりそらぞらしく聞こえた。いや、偏見だとわかってはいるが、この女《ひと》は何か隠してる、というか、とんでもないことをたくらんでいる、という疑惑が、私の胸中で線香花火みたいにはじけている。といって、上司を詰問するだけの証拠があるわけでもない。

「捜査は徒労に終わった」

というフレーズが脳裏にひろがった。まあ、それでもいい。というより、そのほうがいい。一週間ていどの時日《じじつ》と出張費用をついやして、のこのこと無事に帰国するだけのことだ。

サーベルタイガーに関しては、報告したって信用してもらえるはずもなく、公表すればメディアに笑話のタネを提供するだけ。沈黙は金《きん》なり。ロシアとの間にトラブルをおこさず、なあなあまあまあですめば充分だろう。

私はすっかり模範的な公務員の心境になって、装甲車によじ登った。ペトさんが操縦席につき、巡査二名は車内にはいり、指揮官とオトモは車上にすわりこむ。車が走り出すと、私は、ひとつだけ尋ねてみることにした。

「さっきの貝塚くんの疑問、どう思われますか？」

「サーベルタイガーなんてシロモノがいたんだから、日下公仁だっているでしょ」

非論理のきわみだ。私は、つい、引きさがるべきタイミングをうしなってしまった。

「そのふたつの関連性が、どうもよくわかりませんが、ご説明いただけますか」

「君、さっきいってたじゃない。あのサーベルタイガーは野生のものじゃないって」

「ええ、いいましたけど」

「野生じゃないとしたら、飼主《かいぬし》がいる、ともいったわよね」

「そうなりますね」

「飼主ってだれ？」

「知りません。教えていただけますか」

「何であたしが知ってるのよ」

「何でといわれましても……」

「そうか、君はあたしに失礼なことするために生きてるんだもんね」

「誤解です」

「あら、そう、じゃ、せいぜい誤解をとく努力をなさいよ。あたしの目に見えるようにね」

私がいい返せないでいるうちに、ハッチがあいて、阿部巡査がキュウクツそうに大きな頭を出した。

「ペトさんから伝言です。この先まともな道がないので、ゆれるから気をつけるように、とのことです。それでは」

いうだけいって、すばやく引っこんだ。涼子と私の子どもっぽい口論に巻きこまれるのを忌避《きひ》したのかもしれない。

樹々がざわめく。空は何層もの雲におおわれていて、白い雲の下を灰色の雲が流れ、さらにその下を黒い雲が奔《はし》りすぎる。どこかで鳥が鳴きさわいでいる。

装甲車はすすむ。巨大なタイヤの下で大地がうめき、細い倒木が悲鳴をあげてへし折れる。落葉が踏みしだかれ、散乱し、舞いあがる。小石がはね飛ばされる。ゆれる。ゆれる。大きな石に車輪が乗りあげて、車体がかたむく。何だかすごいことになってきた。

Ⅳ

私たちは機関銃座にしがみついて、転落をまぬがれた。

「たしかにこれ、もう道じゃありませんね！」

「あたしの前に道はない。あたしの後ろに道はできる！」

「高村光太郎《たかむらこうたろう》ですか」

ひときわ大きな音がして、装甲車の左右に、直径四十センチはありそうな倒木が飛んでいった。この車輪が人体の上に乗ったらどんな惨状が現出するか。想像しかけて、戦慄《せんりつ》とともに私はそれを振りはらった。

涼子がまた呪文らしきものをとなえた。

「思うに、もともと地上に道というものはない。歩く人が多ければ、それが道になる！」

「今度はだれですか」

「魯迅《ろじん》よ！」

「はあ、勉強になります」

何十回めのことか、装甲車がゆれて、慣れてしまった私はすぐ機関銃座につかまったが、あおむけになりかけた拍子に空が見えた。

「アメリカの軍事衛星が監視してるかもしれませんね」

「ウサマ・ビン・ラディンを発見するのに十年かかった衛星ね。それも、あのあたりに隠れてるはずだ、と、最初からねらいをつけてのことよ。あたしたちなんか見つけられるはずないわ」

二〇〇一年、アメリカ東部の大都市に、ハイジャックによるテロ攻撃がかけられ、三千人近くの人々が犠牲になった。首謀者とされたウサマ・ビン・ラディンは十年間の潜伏の後、アメリカ軍特殊部隊の手で殺害された。殺害は、ウサマ・ビン・ラディンのおさない娘の眼前でおこなわれた。「娘が泣き叫んだら、影武者《ダブル》ではなく、本物のウサマだ」というのが、アメリカ側の言分《いいぶん》だった。

世界は愚行にみちており、正義は愚行をかざりたてるイルミネーションだ。それでも、たとえ口先だけでも警察は正義を主張しつづけなくてはならない。権力と正義との乖離《かいり》が大きくなればなるほど、立場の弱い人々は寄る辺《べ》がなくなるのだから。

左右に樹林がつづき、装甲車のゆれがすこしおさまってきた。

その瞬間。

私は眼前に褐色の滝を見た。

それが個体であり、生物であり、褐色の魔獣であることを知ったのは一瞬後だ。サーベルタイガーが、樹上から装甲車の上に飛びおりてきたのである。

どすん。

使い古された擬音語だが、文字に書くとやはりこうなる。重く、やわらかで、肚《はら》にひびく音だった。ヒョウのように優美ではなかったが、ネコ科はネコ科だ。

シャアアア……！

もはやまちがえようのない威嚇《いかく》の叫び。

私はかつてカナダでピューマと対峙《たいじ》した、いや、させられたことがある。あのときは実戦にまでは至《いた》らなかったが、今回はそうはいかなかった。

「警視、ご注意を！」

背中を見せたとたんに、飛びかかってくる。サーベルタイガーのどぎつい眼光を直視したまま、胸ポケットのマカロフ拳銃にそっと手をそえ、足もとに用心しながら半歩さがる。敵は力強く一歩をすすめた。その瞬間。

涼子の手が水平に閃光《せんこう》を描く。

音らしい音はしなかった。ＪＡＣＥＳが開発した、世界一危険なスカーフ。炭素繊維をまじえた、はなやかな色彩の布が、サーベルタイガーの顔面をかすめた。

宙に飛んだのは、わずかにカーブを描く象牙色の三角錐《さんかくすい》だった。涼子の炭素繊維まじりのスカーフが一閃、サーベルタイガーの片方の牙を切断してのけたのである。

歯医者で歯をけずられると、人間は、なさけないほどの痛みを感じる。サーベルタイガーの牙には神経が通っているのだろうか。

足音を乱しながら、サーベルタイガーは右の前肢《まえあし》を振りあげた。全開した口からヨダレが飛ぶ。仰天したことはたしかだ。

長さ七十センチほど、直径は太いところで五、六センチほどだろうか。切断された牙は、いったん舞いあがり、落下して、装甲車の屋根にころがった。

疾走する装甲車の車上から、牙は転落しようとする。寸前、私は身体と腕を精いっぱい伸ばし、牙をつかんだ。何とも表現しがたい感覚。歯にふれた触感を拡大しただけではすまない。私はどうにか片ひざをついて身を起こした。

褐色の魔獣は、たけりくるっていた。まだ一本の牙があり、強力すぎる前肢は健在である。姿勢を低くし、スカーフをさけて涼子の脚をねらった。

車体がゆれ、涼子がバランスをくずす。サーベルタイガーの左の前肢が涼子の右脚をなぎはらう。寸前。私はサーベルタイガーの牙を、両手でかまえ、やつの横腹に力いっぱい突き刺した。

自分自身の牙で横腹を突き刺されたサーベルタイガーは憤怒と苦痛の叫びをあげた。前肢が二、三センチの差で空を切る。胴体をひねる。そのすさまじい力で、私は振りはらわれた。牙から手をはなし、車上に倒れて背中を打った。息がつまる。

サーベルタイガーは自分自身の牙を横腹に突き立てたままよろめいた。ゆれる車体から放り出されかけて、前肢を車体にかけ、ぶらさがる恰好《かっこう》になる。たしかに前肢の力はすさまじい。傷ついた全身を、単にささえるどころか、装甲車の車体をわしづかみにし、車上に這い上がろうとする。

シャアアア……！

両眼に劫火《ごうか》が燃えている。サーベルタイガーの知能がどのていどのものか知らないが、こいつは生あるかぎり涼子と私の顔を忘れないだろう。慄然《ぞっ》とした。こいつが生きているかぎり、つけねらわれるのか、と思うと。

装甲車の車体が、大樹の一本をかすめた。太い幹が、サーベルタイガーの胴体と、まともに衝突する。重くかわいた音がして、サーベルタイガーの身体が宙に舞った。

怒りの叫び。衝突音。木の枝が折れる音。重い物体が地に落ちる音。さまざまな音響とともに、魔獣の姿は私の視界から消え去った。

私は大きく息を吐き出し、車上にすわりこんだ。

涼子が私に何か差し出した。除菌用のウェットティッシュである。

「手をおふき、肉食獣の牙を白手《すで》でつかんだでしょ」

「あ、はい」

「雑菌ぐらいならまだしも、人肉の脂《あぶら》なんかが付着してたら、さわられるのイヤだからね」

だれがだれにさわるんだ？

「かすり傷ない？　ヨダレつけられてない？」

「だいじょうぶです」

目下《もっか》のところ、私は白手でサーベルタイガーの牙をつかんだ唯一の地球人だ。だからといって、ギネスブックに申請するほど無邪気にもなれない。

「何ごとです⁉」

「ご無事ですかあ⁉」

阿部と貝塚の両巡査が、かわるがわるハッチから顔を出す。装甲車が停止し、ペトさんまで顔を出した。事情を知って目をみはる。

「おフタリさん、すごいネ」

感心しているつもりだろうが、どうもそれ以上にあきれているようだ。

「銃声しなかったから、かえって心配したヨ。でも銃を使わずに猛獣を追いはらうなんてネ」

「ペトさん、あんた、サーベルタイガーについて、どう思ってるの？」

涼子が皮肉っぽく問うと、ペトさんは帽子をとって、ありもしない頭髪をかきまわす動作をした。

「さあ、わからないネ。ワタシ、科学者ではないし、猟師でもない。とにかく、おトモダチにはなれそうにないネ」

「これまで、この山地にサーベルタイガーが出没したという話は、聞いたことあるかい？」

「ないですネ。いえ、正確にいうと、サーベルタイガーに限定しなければ……」

ペトさんの話では、シベリア西部のケメロボ地方に雪男《イエティ》が出没し、つい先年、国際調査団が派遣されたという。

「参加国は？」

「アメリカ、中国、ロシア、カナダ、モンゴル、スウェーデン、エストニア」

「納得できるような、できないようなメンバーね。で、日本は？」

「まるで無関係。人もカネも出さない。第一、声もかからなかったらしいヨ」

「ハア……」

「泉田クン、そのため息、うれしいの？　残念なの？」

「たぶん両方です」

「もしかして雪男《イエティ》が好きなの？」

「ちがいますよ！」

何となく仲間はずれにされたような気がしただけだ。「近ごろの日本人は自信をうしなってヒガミっぽくなってる」という症状のひとつだろうか。

サーベルタイガーが執念ぶかく追ってくるところまるので、装甲車はふたたび走り出した。樹木がへり、叢《くさむら》や岩場が多くなる。永久凍土《ツンドラ》の南限が近いというが、ほどなく、奇妙なものに出くわした。錆《さ》びついた鉄のかたまりだ。

「廃棄されたトラックですネ」

見ればわかる。問題は、なぜこんな場所にトラックが廃棄されているか、ということだ。

「ペトさん、装甲車を停めて」

「はいハイ」

手ぎわよくペトさんが停車する。涼子は自分でハッチを開《あ》けて外へ出ようとする。

「私がいきますよ」

「泉田クンはついてくりゃいいの」

「はいハイ」

「はイは一度でいい！」

ペトさんにはいわなかったくせに。

マカロフ拳銃に手をかけたまま、索漠《さくばく》たる荒れ地を五十歩ほどあるいた。いまさらながら風が冷たい。

トラックはずいぶん古ぼけており、とっくに減価償却されていた。運転席のガラスは破れ、泥と埃《ほこり》で灰色になっている。本来の色は想像しようもない。ここで新発見があった。トラックの背後に、人跡未踏の地ではありえない証拠があったのだ。

それは鉄条網だった。正確には、その残骸《ざんがい》だ。風雪に打たれて錆びつき、めくれたりまがったりして現在は何の用もなさない。傍《かたわら》には、おれた鉄柱と、金属の箱が倒れている。

「これは監視カメラじゃなかったんでしょうか」

「らしいわね」

かつては暗黒時代の強制収容所があったのかもしれない。私たちが装甲車にもどって報告すると、車内に緊張感らしきものがみちた。

「いよいよ敵地ですねえ」

貝塚さとみが両手をにぎりしめる。遊園地ザナドゥランドで買った、キャラクター入りの手袋をはめているので、いささか場ちがいに見えるが、本人は真剣である。

私と阿部巡査のふたりがかりで鉄条網の一部をとりのぞいたあと、装甲車はえっちらおっちら、その奥へ進入していった。

V

「舗装路に出ました」

粗《あら》いコンクリートの舗装路だった。維持管理もろくにしてないらしく、薄く土塵《どじん》がつもっており、凹《へこ》みには雨水がたまり、亀裂からは雑草が伸びている。既知《きち》の植物にはすべて名前があり、「雑草などという草は存在しない」というのが科学者として正しい態度だそうだが、私たちはべつに正しくなくてもいいだろう。

「とにかく、この舗装路の先には、何かあるはずね」

「現在形とはかぎりませんよ」

「何いってんの、あるまでさがすのよ！」

上司と私とでは、人生で求めるものの方向性がちがうのだ。そして、彼女と同行していると、おおむね私の方向性が敗れる運命にある。たちまちそのことが証明された。

左の疎林《そりん》の間から、突然あらわれたものがある。褐色の毛皮のかたまりだ。二度とあいたくない相手だった。

「サーベルタイガーです」

「さっきのやつ？」

「ちがいます。ちゃんと両方、牙がある」

先ほど涼子に牙を両断されたサーベルタイガーは、森のなかに出現した。今度のやつは、舗装された道路を歩いている。前肢の上、肩の部分が盛りあがって、それを揺するように歩いて来る。距離は充分にあるのだが、先ほどよりまずいことがあった。

「一頭だけじゃない……」

「二頭でもすまないわね」

疎林のなかからつぎつぎと出現して、装甲車の行《ゆく》手《て》をはばもうとしているようだ。

「これぐらいいたら、種の保存、充分にできるんじゃない？」

「かもしれませんね。とにかく車内にはいりましょう」

「機関銃でさ、撃ちまくればいいじゃない」

「ハリウッド映画じゃないんですよ」

「あー、つまらない」

「ほら、迅速《はや》く！」

涼子につづいて私も車内へすべりこんだ。内側からハッチを閉ざし、厳重さをたしかめる。こういうとき、厚い装甲はたしかにたのもしい。上司はおおいに不満だろうが、ここは専守防衛に徹するべきだろう。

ずしん、と装甲車の屋根が鳴る。跳《と》び乗ってきたやつがいるのだ。貝塚さとみが首をすくめた。青い顔色になっているが、右手にはマカロフ拳銃をにぎりしめている。私と視線があうと、こわばった笑顔をつくった。

「わたし、殺されるのはまだしも、食べられるのはイヤですからあ」

「食べのこされるのもイヤだよ」

阿部巡査が応じる。ふたりともおなじマカロフ拳銃を手にしているのだが、手の大きさがまったくちがうので、べつべつの種類の拳銃を持っているように見えるのがおかしい。おかしいが、笑っている場合ではない。

いきなり、やわらかいショックがつたわってきて、ペトさんが叫んだ。

「一頭はねちゃいました」

「しかたないわね」

「ワタシたち、地球環境の敵になるです。希少動物虐待の罪で、つかまるですヨー」

ペトさんは歎《なげ》いたが、涼子は完璧な形の鼻先で笑いとばした。

「疾走する装甲車の前に飛び出すなんて、あいつらの交通モラルがなってないのよ。気にするのはおやめ。いざとなったら、機関銃を乱射しても突破するんだから」

涼子は、乱射する気満々である。ペトさんは希少動物乱射事件に巻きこまれるのを恐れてか、真剣そのものの表情で操縦にとりくんだ。私は左側面の小さな円窓をすこし開けてみたが、並走するサーベルタイガーの姿が車体すれすれに見えたので、すぐ閉めた。気がすすまないが、いざというときは撃たねばならない。

しばらく走行した後、腕時計で時刻をたしかめたペトさんが声をあげた。

「いいニュースと悪いニュース、両方あるです」

「両方、聴かせてよ」

「順番どうしますか？」

「悪いほうから！」

「え？　いいニュースからのほうがよくないですか？」

「この女《ひと》のいうとおりにしてくれ」

私がいうと、ペトさんは最後の抵抗をこころみた。

「映画なんかでは、たいてい、いいニュースから聴きたがって、それで話が進むのに……」

「あんがいムダ口をきく男ね。あなたしだいで、さっさと話が進むのよ」

「わかりました。それじゃ悪いニュースから……」

溜息をついて、ペトさんは上半身ごと、日本人一同に向きなおった。これまで見たことのない表情を浮かべて。手には拳銃があった。マカロフではなくワルサーだ。

「はい、ヤポンスキーの皆さん、おとなしくしてくださいネ」

「ペトさん、あんた……」

「だからいったでショ。いいニュースのほうから聴かせて、ちょっとの間でもよろこばせてあげたかったのに……」

「せっかくのご配慮を無にして悪かったわねえ」

「いえいえ、ご謝罪にはおよばないでス」

「それで、いいニュースのほうは？」

「聴きたいですか」

「聴きたいわよ！　あんただって、まずそっちのほうを話したかったんでしょ！」

「それじゃいいまス。目的地が見えました」

ペトさんがいうと、涼子は彼を冷然と見やり、ベンチシートの上でひざを組んだ。

「フン、やっぱりね、そういうことだったのか」

「ご理解はやくて、ありがとうございまス」

ペトさんはていねいにいったが、頭はさげない。

「ハッチをあけてくださイ」

「否《ニエット》といったらどうなるの？」

「悪いニュースがひとつ増えます」

ペトさん（こんな状況になっても、なぜかまださんづけしてしまう）の銃口は、正確に涼子の頭部をねらっていた。私は隙《すき》をうかがったが、涼子と視線をあわせて観念した。この場はいわれたとおりにするしかない。

「マリちゃん、ハッチをあけてくれ」

「はい、警部補」

「ちょっと、君たち！」

「お叱りはあとで受けます。この状況で、死傷者は出したくありません」

涼子はだまりこんだ。阿部巡査がハンドルをまわしてハッチを開《あ》ける。外気とともに流れこんできたのは、静寂ではなかった。

「ようし、ひとりずつ出てこい。武器をすて、両手をあげて、おとなしくな」

妙に気どった声がした。日本語である。

半分は予想していたことだが、とっさには動けないでいると、涼子がさっさと足を運んで、ハッチの外へ出ようとする。あわてて私は彼女につづいた。

装甲車のまわりには、自動小銃をかまえた迷彩服姿のロシア人たちがいた。そして……。

ぶよぶよに肥満した身体を、だらしなく迷彩服に押しこんだ日本人の中年男。写真にくらべると、かなり頭髪が薄くなっているが、見まちがいようがない。

「葉梨伸行……」

日下公仁の子分のひとりである。

いくつかの謎が一度にとけた。

同時にいくつかの疑問があらたに生まれた。

「こまったもんだ。他人の土地に不法侵入するなんて……日本人のモラルも低くなったもんだよなあ」

たいして独創的でもない台詞《せりふ》を吐きながら、葉梨の視線は一点に集中している。薬師寺涼子の顔に。

男性としてはごく当然の反応だが、小さな両眼にはこわれかけたパチンコ店のネオンみたいな光が点滅し、しまりのない口もとからは粘液がこぼれ落ちんばかり。こいつひとりなら、つけいる隙はいくらでもあるのだが……。

「さっさと案内しなさいよ」

と、涼子の声はシベリアの風より冷たい。

「案内？」

「あんたのボスのところへよ。どうせ日下のやつに使い走りをさせられてるんでしょ」

そう決めつけられた葉梨の顔に、ある表情が浮かんだ。いささかおどろいたことに、それは誇りを傷つけられた表情に思われた。

「一列にならべ。両手を頭の後ろに組んだままだ。さっさとしろ！」

私たちは、さっさとした。こんな状況でも、涼子は他人に先頭をゆずることはない。涼子、貝塚さとみ、私、阿部巡査という順で列をつくる。

ロシア人たちは自動小銃をかまえながら、何かささやきあっている。涼子の美貌はグローバル・スタンダードの最上クラスだ。意外さに打たれるのも無理はない。

前方に「目的地」があった。居住者が高齢化してすっかりさびれた日本の団地を、刑務所の壁でかこむと、こうなるだろうか。旧ソ連時代の、没個性な箱形の建物がいくつか、灰色の壁の向こうに見える。門らしきものの方角へ、私たちは行進させられた。

ふいに若い女性の声がした。

「いったい何がありましたの？」

これも日本語だったが、私の驚愕《きょうがく》ぶりは、葉梨のときの比ではなかった。

薬師寺涼子の宿敵《ライバル》、室町由紀子の声だったのだ。

第五章　魔都と魔女と魔人と魔獣

I

　室町由紀子と私たちと、どちらがよりおどろいたことだろう。朝、別れたばかりだが、夕方近くになって再会するとは思わなかった。ましてや、よりによって旧ソ連の秘密都市などで。

　聡明な由紀子だが、事態がのみこめず、茫然《ぼうぜん》と立ちすくむのも無理はなかった。ところが半瞬にして毛をさかだて、戦闘態勢にはいる者もいるから、地球は広い。

「ついに正体をあらわしたわね、お由紀」

「え、何のこと!?　お涼、これはいったい……」

「おだまり！　あたしにはちゃんとわかってたんだから。あんたが表向きは風紀委員みたいなフリをしながら、裏では暗黒の地下勢力と結託してたってことをね」

「そんな、ばかげたこと」

「あーら、それじゃこの状況をどうごらんあそばして？　ロシアのギャングどもが日本の警察官に銃を突きつけてるのよ。つるんでないというのなら、こいつらに銃を引かせたらどうなのさ」

　そっくりかえる涼子。由紀子はやや混乱したまま、とりあえず事態の収拾にのり出した。

「この人たちは日本の警察官ですよ。約一名、変なのがいるけど、他はまともな人たちです。彼らの話を聴きましょう」

「こら、お由紀、約一名とはだれのことだ!?　ケンカを売ってるのか」

　涼子がどなったが、先に押し売りしたのは彼女のほうだから、一同、沈黙して、事態の推移を見まもっている。

「すぐに銃をおろして、彼らを解放するようにいってください！」

由紀子にそう要求されたのは、あきらかに逃げ腰の日本人二名だった。彼らとはすでにあったことがある。外交官の大鶴と浅川である。

「き、君たち、何しにここへ来たんだ？」

「これは国策にかかわることだぞ！　君たちの出しゃばるようなことじゃない！」

私たちにむかってどなりながら、気味悪そうに、銃を見やる。

「まったく、こまった連中ですな。まあ私どもにおまかせください」

ロシア人たちの輪を破って、ひとりの日本人があらわれる。涼子と由紀子、それに私も、口をそろえて叫んだ。

「日下《くさ》公仁《かきみひと》！」

「おや、私をご存じのようだね」


海外逃亡した連続殺人犯は、写真どおりの容姿だった。見るからに高価そうなジャケットをさりげなく着こなし、背すじはまっすぐのび、ファッション誌のモデルのような立ち姿である。日本人にめずらしく、口ヒゲがよく似あっており、頭髪はまだ充分に豊かで、たぶん染めているのだろう、黒々としていた。代議士や知事どころか、国民投票制度があったら、首相にだってなれるかもしれない。

「く、く、日下って……あの……」

浅川の声が裏返った。往年《おうねん》の淫虐《いんぎゃく》な連続殺人をおぼえていた、というより、思い出したらしい。日本じゅう大騒動になり、マスメディアを狂喜させた事件だから、当然のことだろう。

浅川の動揺ぶりを見て、不審そうな表情をした大鶴も、突然、思い出したようだ。「ひッ」と短く悲鳴をあげ、その場に立ちすくんでしまった。

「これはこれは、そういう反応をロコツにされると、私の繊細な感受性が傷つきますなあ」

日下が平然と外交官たちを見やった。

一連の会話は、もちろん日本語でおこなわれたので、ロシア人たちには理解できない。迷彩服を着た彼らは、カラシニコフ自動小銃をかまえて日本人《ヤポンスキー》たちを包囲したまま、無表情にだまりこんでいる。

「さて、どうしてくれる気なの、お由紀？」

この期《ご》におよんで、宿敵《ライバル》の非を鳴らすのが、涼子は愉《たの》しいらしい。邪悪な笑みをつくりかけたが、それが消えた。あらたな人物が登場したからだ。

イギリス製のダッフルコートに中背の身体をつつんで、ひとりの老人が、私たちの前に歩を運んできた。彼の姿を見て、室町由紀子が強い口調で問いかける。

「島倉先生、これはどういうことなのでしょうか。ご説明いただきたく存じます」

「たかが警護官の分際で、国家の大事に口を差しはさむ気かね？」

自分では貫禄《かんろく》充分のつもりなのだろう。だが、台詞《せりふ》といい態度といい、古くさく、しかも安っぽかった。島倉剛夫は、安っぽいサスペンスドラマの敵役そのままだった。

島倉は自分を大物と思いこんでいたようだが、じつは年下の日下にいいようにあやつられているだけだった。私にでもわかったのだから、涼子は完全にそのことを見ぬいていた。

「お由紀、あんたのメガネ、ちょっとくもってるんじゃないの？」

涼子の発言は、なかなか興味ぶかいものだった。由紀子を揶揄《やゆ》するものではあったが、同時に、由紀子の本来の眼力を認めているようにも聴こえる。

島倉は、風に飛ばされそうになった中折れ帽を片手でおさえた。

「君はわしの安全だけ心がけておればいい。あとは君の知ったことではない。日下公仁クンが何をしようとだまって認めなさい」

「いいえ、認めるわけにはまいりません！」

りりしい声がして、室町由紀子が一歩すすみ出た。

「政治的なことは島倉先生のご専門で、わたしごときの口を差しはさむことではございません。ですが、日下公仁は、殺人、拉致監禁、傷害致死、死体損壊など、十をこす罪状で国際手配されている刑事犯です。ロシア司法当局の手で逮捕してもらい、日本に送還して、日本の領空ないし領空にはいった時点で、身柄を拘束します」

日下がゆっくり三度、拍手した。

「あんた、女優になれるよ。こんな正義感の強い、筋《すじ》をとおす女性警官なんて、TVの画面のなかにしかいないものな。おまけにえらく美人だし……」

日下は笑顔をつくったが、彼のほうがよっぽど俳優らしく見えた。彼が他人を嘲弄《ちょうろう》するのが大好きなことはよくわかったが、その行動原理は何なのだろう。いきあたりばったりで悪事をかさね、混乱をまねいているように見えるが、その底にひそんでいる暗黒の泥濘《でいねい》は、深さも知れなかった。

厚い雲にも密度の差があるらしく、一部の隙間からオレンジ色の光が射《さ》しこんできた。半日、装甲車にゆられたあげくのゴールがこれだ。厄日《やくび》なんていってすませられる日ではない。

装甲車。私の脳裏にアイデアらしいものがひらめいた。あの装甲車を奪回して、逃げ出せないものだろうか。いや、どうせならヘリコプターがいいが、残念なことに私はどちらも操縦できない。薬師寺涼子なら——どちらもできそうだ。いずれにしても、私ひとりの手にはあまる状況だった。

「こいつら、しばるなり手錠をかけるなりしなくていいのかね。ちょっとゆるいぜ」

葉梨がよけいなことを口にした。

「ヘリと車だけ、厳重に警備していればいい。徒歩で逃げたいなら、かってにさせろ。サーベルタイガーとヒグマのいる森を、五百キロ以上も踏破《とうは》できるなら、私の助手にしてやりたいくらいだ」

日下の声に、月岡、葉梨、金丸の三人がうなずく。彼らが日下と対等の身分ではなく、ボスに忠誠をきそいあっていることは一目瞭然《いちもくりょうぜん》だった。

突然、建物の方角から叫び声が聞こえた。

鋭い、おぞましい悲鳴。女性の声だ。警察関係者のハシクレである以上、無視できる声ではなかった。足をとめ、周囲を見まわす私たちを、日下がせせら笑う。

「気にする必要はないよ。すぐに慣れる。慣れなきゃやっていけないし、そのうち愉しくなってくるものさ」

「だれかを拷問してるのね」

「ちがうね。拷問とは、肉体を痛めつけて告白させることだ。私はべつに何かを告白させようとしてるわけじゃないからね」

「何いばってるのよ。拷問じゃないんだったら、単なる虐待ってことじゃないの」

「研究と呼んでほしいね」

「聞いてあきれるわね。抵抗のできない者を殺して、何を研究してるっていうの?」

「わからないか」

「わからないわね、あたしは正気だから」

「変だな、私も正気のはずなんだが……ま、独創力の優劣は、いたしかたない。君にも限界があるということだ」

涼子の柳眉《りゅうび》がさかだった。

「タワゴトはそのていどにして、ホントに何か研究してるんだったら、もったいぶらずに教えなさいよ。あたしに忍耐力がのこっているうちにね」

「それ、まさしくそれだ、私が研究しているのは」

わが意を得たり、といわんばかりの日下である。さすがの涼子も意表をつかれたようだ。

「忍耐力?」

「そう、人間はどこまで恐怖に耐えられるか。苦痛には? 屈辱には? 飢餓には? 私にはとても興味がある」

「それで何人も殺したわけ？」

「凡俗《ぼんぞく》のやつらといっしょにしないでくれ。殺害が目的ではない。マウスにガン細胞をうえつける実験だってそうだろう？」

かつて日下は、誇り高い美女として知られる女優を拉致《らち》してアジトに監禁した。四日間、食事をあたえなかった。

「五日めに、彼女は哀願した。何か食べさせてくれ、とね。私は失望したな。いちおう一週間は保《も》つと見ていたんだが、たった四、五日で屈伏するとは、なさけないかぎりだね」

えらそうにほざく。

「で、私は彼女に選択させてやったのだよ。私の出す特別料理を食べるかどうか。彼女は食べたよ、うふふ……。どんな料理かはいずれ教えてあげよう。愉しみにしていたまえ」

くわしい話など聴く気にもなれなかったが、もっとも醜悪な想像をしてさえ、事実におよびそうになかった。

室町由紀子は島倉老人の警護をしていたはずだが、なしくずしに薬師寺涼子さま御一行のなかにいれられてしまい、ロシア人たちの銃にかこまれて憮《ぶ》然《ぜん》として歩いている。何で現在《いま》のような状況になってしまったのか、事情を分析しているのかもしれない。ちらりと私を見て、思いきって口を開こうとしたとき、それをさえぎるように異様な声がとどろいた。

「シャアア……！」

日本人たちはいっせいにそちらを向いた。車輪のついた檻《おり》を、三人ばかりの男が押していて、なかにいたのは一万年前に絶滅したはずのネコ科の猛獣だった。牙が長く、尾が短い。

「あれは何……!?」

「サーベルタイガーですよ、メガネ美人さん」

愉しそうに日下が答える。由紀子ははじめてサーベルタイガーを見たようだ。声をのみ、両手をにぎ

りしめて、しばらく目をはなそうとしなかった。

II

「それより、さっき叫んでいた人たちを、どこからつれてきた?」

私の詰問に、日下は、今度はめんどうくさそうに答えた。

「人間なんて、いくらでも手にはいる」

「人身売買のネットワークか?」

「ご想像にまかせるよ」

「直接の拉致や略取《りゃくしゅ》もやってそうだな」

「おやおや、こりゃ弁護士を呼んでもらったほうがよさそうだな。取りしらべの可視化ってやつも必要らしい」

日下は口の左端だけをつりあげて笑ったが、涼子が鋭く告げた。

「おのぞみなら、全面可視化で取りしらべてあげるわよ。だから、さっさとあんたの義務をはたしなさい。逮捕されるという義務を」

「おもしろい冗談だ」

と、日下は動じるようすもない。両手でマカロフ拳銃をもてあそびながら、月岡が発言した。

「これほど口のへらない女には、特別料理のなかの特別料理がふさわしいな、日下さん」

月岡は得意げにつづけた。

「かくいうおれは、いくら食べても肥《ふと》らない体質《たち》でね。よく女にうらやましがられたもんだ」

「栄養摂取機能が劣化してるのね。あんたは人類が種として衰退してる証拠なんじゃないの」

「な、何だと、この小娘が……!」

月岡がうなると、全身の骨格がきしんで、まるで学校の理科室の人体模型が動き出したように思えた。

「やめろやめろ」

と、月岡を制したのは日下だった。

「ですが、リーダー」

「おまえが口で勝てる相手じゃないよ。勝ったところでしようがない。愉しみはべつにあるだろう」

日下の言葉で、月岡は下劣な笑《え》みをうかべた。こいつも死刑にあたる行為に参加していたのだ。

「何いってんの。あんたは生きたまま逮捕されて、裁判で生き恥かいたあげく、絞首台に上るのよ」

「おやおや、私を生きたまま逮捕したら、こまるのは警察のほうじゃないのかね」

「何のこと？」

と、ふたりの美女が口をそろえる。

「ここでしゃべっていいのかね」

「もったいぶるのもいいかげんにしたら？」

涼子の声が遠雷のひびきをはらむ。日下は苦笑した。

「わかった。そうだな、ま、どこかの都道府県の警察本部に、異常に出世欲の強い本部長がいた、と思ってくれたまえ」

「ヒントにならないわね」

「三分の二ぐらいには、しぼれるだろう」

「四分の三がいいところよ」

「ではそういうことにしておくさ。とにかくその本部長は、部下にノルマを課すのが大好きだった。今年度中に、交通違反の罰金を一億円以上あつめろ、とか、三ヵ月以内に県内の窃盗事件を前年比で半分にしろ、とか」

どこにでもある話だ。私も新米の制服警官だった時代……いや、そんな話はどうでもいい。

「そしてあるとき、銃器についての命令を出した。暴力団を中心に、不法に出まわっている拳銃を千丁、押収しろ、といったんだ。いうのは簡単、とは、それこそこのことさ。で、部下たちは頭をかかえた。その結果どうなったと思う？」

「なるほどね」

涼子が形のいいあごに指先をあてた。

「現場の連中は、半分ヤケになって、暴力団と闇取引をしたわけだ、そうでしょ？」

「ま、それ以外にやりようもないからね。警察は、麻薬や覚醒剤や大麻などについては目をつぶる。そのかわりトカレフやらマカロフやら、太平洋戦争中の軍用拳銃まで、千丁そろえて警察に引きわたす。警察はノルマをはたせて、めでたしめでたし、というわけさ」

「まさか……そこまで」

「やりかねないわねえ」

由紀子と涼子の反応は正反対だったが、警察の恥部に思いが至《いた》ったのは同様らしい。私も、日下をまるきりの虚言家《うそつき》とは思わなかった。

「でも、千丁もの銃器をいっせいに摘発したなんて話は、聞いたことないけどね」

「そうよ、つくり話でしょう？」

由紀子が鋭く質《ただ》す。日下はおちつきはらって応じた。

「そりゃ君たちは知らんだろうさ。事実そんな結果にはならなかった。この闇取引が成立したのは、前半だけだったんだから」

日下の表情にも声にも、揶揄《やゆ》があふれている。

「警察をだましたのね!?」

「ハッ、こりゃマヌケな話だわ」

これまた正反対の反応だったが、ふたりとも、事情を正確に理解した。暴力団は麻薬類を売りさばいて三百億円もの大金を荒かせぎしたあと、ごていねいに百丁ばかりのモデルガンを警察に押収させ、行方をくらました。警察はまさか事情を公然化《おおやけに》することもできず、かえって隠蔽に必死になった……。

「かくして、日本の警察のおかげで、私は、三百億円の収入を得た。私はケチじゃないからね、ロシアン・マフィアに百億円を進呈して、彼らの好意を買いとったというわけだ」

「安い買物だったな」

「ありふれた表現だね、だが、そのとおりだ。他のだれでもない、この私と協力することが最上の選択だとわかってもらえたしな」

日本の変態殺人鬼と、ロシアのギャングどもとの間に、美しい友情が成立したというわけだ。

「しかし、さすが日本の警察だな。その本部長は失脚もせず、出世してるよ」

「それはどうでもいいわ。どうせそいつの名をしゃべる気はないんでしょ？」

「ご推測のとおり。ま、ありがたいことだったがね。二百億の原資《もとで》があれば、私も何だってできる」

自信満々の口調だった。

投資や投機にかけては、日下は天才とか風雲児とかいわれていた男だ。原資を右から左へ、左から右へと移動させ、二百億円を千億円以上にするのに、二年とはかからなかった。

何ひとつ創《つく》らず、何ひとつ産み出さず、他人に働かせ、苦労と努力をさせて、自分は安楽椅子に腰かけたまま巨大な利益を得る。ウォール街の投資家と呼ばれる人種は、まさしく資本主義社会の吸血ダニだった。

ただ、私は、日下に対して生理的に薄気味悪さ以上のものを感じずにいられなかった。彼は殺人淫楽者だから、気味が悪いのは当然だが、私みたいな凡人には想像もつかない毒液が血管を流れているように思えてならない。

日本だろうがアメリカだろうが、カネをかせいで贅沢《ぜいたく》をするのが人生の目的、という輩《やから》は、気味悪くも何ともない。一日三食フォアグラを食べようが、豪華クルーザーに水着の美女を満載して世界一周しようが、トイレの便器を黄金でつくってダイヤをちりばめようが、法律の枠内において、自分のカネで浪費するのは当人の自由だ。

日下公仁には、それだけではすまされないところがあった。カネを稼ぎながらカネを軽蔑しているようにも見えたし、可能なかぎり社会にとって有害な方向にカネをばらまこうとしているようにも思えた。私はカネに縁がうすい人間だし、日下の心理の常闇《とこやみ》まで想像することなど、できるはずもなかったが、一秒ごとに気味の悪さがつのっていく。

この日下にくらべれば、月岡、葉梨、金丸の三人は、凡庸《ぼんよう》な悪党にすぎない。日下にコントロールされて、下劣な欲望を発散させているだけだろう。ただし、兇暴さや残忍さは一人前以上だから、油断はできなかった。日下が命令し、月岡らがそれを実行することもあれば、月岡らがかってに殺人や虐待をおかすこともありえる。とにかく、薬師寺涼子、室町由紀子、貝塚さとみら女性陣を見る月岡らの眼は、狂犬にたとえれば狂犬に失礼なほどだった。

「退屈しのぎにはなりそうだが、あとしまつの問題があるな。さて、どうするか」

日下がいうと、葉梨が歯をむき出した。

「何のめんどうもないじゃないか。すんだら埋めてしまえばいいんだ、いままでみたいに」

葉梨を見やる日下の眼が、「おれは部下にめぐまれてないな」と語っている。

「六人もの警察関係者が、いっぺんに行方不明になる。日本とロシアの間で、すくなからずもめるでしょうね。もともと仲のいい国でもないし」

不毛な会話をかわしながら、私たちは、秘密都市のなかを歩きつづけている。あきれるほどの広さ。荒涼たる雰囲気。建物は窓のついたコンクリートの箱にすぎない。

内部にはそれなりの設備や装飾がほどこされているのだろうが、強制収容所と墓場をたしたようなもので、こんな場所に長いことひそんでいる日下という男は、どう考えても正常な神経の持ち主には思えなかった。たとえ俗っぽくても、カリブ海の島国あたりで酒と女におぼれているほうが、よっぽど地球人らしい。

私などの胸中に関心のあるはずもなく、日下は涼子を相手に舌の回転運動をつづけている。

「いったん洗濯《ロンダリング》されたカネは、ネットのなかを縦横無尽に泳ぎまわって、私の手元にもどってくる。たっぷり肥《ふと》って。そう、私はカネを養殖しているようなものだ」

「そしてそのカネで、一年の半分以上を雪と氷に閉ざされる荒野のただなかで暮らしてるわけ？　けっこうな人生だこと」

「研究にはいい環境だよ。それに、今後いくらでも拡張できる。あとで案内してあげるから、たっぷり見物していくんだね」

案内とか見物とか、さりげない言葉が示唆《しさ》するものは、かなり危険だった。つまりは、私たちを生かして還す気がない、ということだ。だったら、ご機嫌をとる必要もない。私はせいいっぱいイヤミな口調をつくった。

「さんざんロシアン・マフィアにみついで、やつらの役に立たなくなったら、あんたはどこかで消されて、トイレに流されるわけだ。ま、流れればの話だがな」

「あんがい下品だな、君は」

日下は蔑《さげす》む目つきをした。本望である。日下は目つきを変え、深淵《しんえん》をたたえた眼球で私を見すえた。

「ご心配にはおよばないよ。それより自分のことをあわれんだほうがいいぞ。健康な男むけに、多彩なメニューを用意してあるからな」

III

「ひとつアイデアがあるんだけど、聴いてみて損はないわよ」

さりげなく涼子が口をはさんだ。日下の眼球が音もなく彼女の方向へ移動する。

「この期におよんで、聴いて、といういいかたをしないとはな。どこまでも強気なお嬢さんだ。損がないかどうか、あやしいものだが、せっかくだから聴かせていただこうか」

「ま、サーベルタイガーってのは、いくら何でも信じてもらうのがむずかしいから、ヒグマにでもしときましょうか。島倉大先生が国際友好リゾートの候補地を視察中、ゲテモノ食いのヒグマにおそわれ……」

「なるほど、ゲテモノ食いか」

「いえ、美食家のヒグマにおそわれ、あわやというとき、お由紀、じゃない、室町警視が身を挺《てい》してヒグマの前に立ちはだかり、前肢で一発くらってペッシャンコ。めでたく殉職。これでしたら、ロシア側にも傷がつかないし、日本側も納得すると思いませんこと？」

由紀子が憤然となった。

「お涼ッ！」

「怒ることないでしょ。あんたは二階級特進して、警視長サマ。命日にはちゃんとブードゥー教の祈禱《きとう》師《し》を呼んで儀式をやってあげるからさ」

日下がわずかにあごをのけぞらせて笑った。

「なるほど、途中まではなかなかおもしろかった。しかし、お涼とかいうお嬢さん、話を聴いたかぎりでは、君自身は生きのこるつもりらしいが、それは自信あってのことかな」

すると涼子は胸を張って日下を見くだした。

「あたりまえよ。あたしは勝ったことはあっても、負けたことはない。泣かせたことはあっても、泣いたことはない。ぶんなぐったことはあっても、ぶんなぐられたことはない」

一気に言い放って、涼子は、白くて長い指を日下に突きつけた。

「その記録に、あんたがあたらしく加わるのよ。大物じゃないのが残念だけど」

「気に入ったねえ……虚勢をはる女は好きじゃないんだが、ここまで徹底すると、みごとなものだ。ま、今後、君はいくつも人生で最初の経験をすることになるだろうよ。私もうれしい。退屈な日常とはしばしお別れだ」

日下は両手をこすりあわせた。陽光を受けたわけでもないのに、両眼が赤く光った。

「ごほうびをあげよう。今夜は何もしないから、あてがわれた部屋でゆっくり寝《やす》みたまえ。人生最後の安眠というわけだ。君なら眠れるだろう。明日になったら、じつにもったいないが、君を獲物にして狩りをさせてもらう」

「へーえ、しばられてもいない人間を、卑怯者《ひきょうもの》のあんたが殺せるの？」

痛烈な一言が、鞭《むち》となって日下の頬をたたいた。それまで紳士然としていた日下の顔を、どす黒い波動が駆けぬける。それも一瞬で、どす黒いまま笑いの形に変化したのは、息をのむ不気味さだった。低い声が唇の間から押し出された。

「ためしてみるかね」

「やれるものなら、やってごらん」

涼子はロコツに日下を挑発している。私は危険を感じた。涼子の実力は、もちろん知っている。だが日下は「武器を使わない」とはいってないし、現に何丁かのカラシニコフが彼女の背中に向けられていた。

「警視、いいかげんにしてください！」

私はどなった。涼子と日下が同時に私を見やる。それまで一対一の舌戦《ぜっせん》がしばらくつづいていたので、私の存在を忘れていたみたいだった。

「だいたい、こんなとんでもないところに、みんなをつれてきたのは、あなたの責任です。状況もわきまえずに、これ以上、部下たちを危険にさらすつもりですか。だからキャリアってやつはダメなんだ！」

涼子は無言で私をにらみすえると、大きく息を吸って吐き出した。私の非難に対して、彼女はいい返そうとはしなかった。かわりに私の視界の下で何かがひらめいた。股間《こかん》に火が走って、私は息をつめた。

「ノンキャリアのくせして、えらそうな口たたくんじゃないわよ！　すこしは思い知った？」

「あう……」

これまで涼子のみごとな脚で、何人の悪党どもが急所を蹴りつぶされたことか。しかし直近《ちょっきん》の被害者が私自身になるとは想像しなかった。

この光景は日下のお気に召したらしい。どす黒い影が笑いから消えた。

「仲間割れ……いや、キャリアとノンキャリアはもともと仲間なんかじゃないか。なかなかおもしろいものを見せてもらったよ。今日のところは時間がないので、このていどにしておくが……」

尊大きわまる声を、日下は発した。

「おい、ペト公、ボサッとしてないで、このお客人たちを案内してやれ。何しろ広いからな。すこし歩いてもらわなきゃならん」

「わかりました」

ペトさんとかペト公とか日本人《ヤポンスキー》たちに呼ばれるアレクサンドル・(略)・ペトロフスキーは、いかにも実直そうな表情をくずさず、私たちに歩みよってきた。おだやかに、さとすように語りかけてくる。

「さあ、あんまり手をかけさせないでくださいよ。ワタシ、みなさんのこと好きです。ひどい目にあわせるのイヤだからネ」

「あら、ありがと。でももう充分、不愉快な目にあわせてもらってると思うけど」

「すべては生活のため。国家だの国益だの、ワタシには関係ないネ。妻と、子どもが四人と、妻の両親と、ワタシの母親、八人も食べさせていかなきゃならない立場、つらいことデス」

「六人じゃなかったのか」

皮肉をいってやったが、無視された。

「それにしても、オフタリサン、なかなかの名演技だったネ」

のんびりした口調でいってのける。

「いつものクサカだったら、あれぐらいじゃだまされなかったかもしれないけど、すごく怒ってたからね、冷静さを欠いてたネ。あなたたちフタリが呼吸をあわせるの気づかなかった」

看破《かんぱ》された⁉　私の目つきを見て、ペトさんは、愛想のいい表情をつくった。

「ダイジョーブ、しゃべらないよ。しゃべっても得にならないからネ。それに、警視サンのキック、ホントに痛そうだしねエ」

ペトさんが何かよけいなことをしたら、痛いだけじゃすまさんぞ。そう心のなかでつぶやくと、貝塚さとみが私の右腕をささえながらささやいた。

「警部補、だいじょうぶですよね」

質問というより確認である。私がうなずくと、貝塚さとみは息を吐き出した。

「よかったあ、演技なさるのはけっこうですけど、ほどほどにしてください」

「何だ、君にまでばれてたのか」

「だって、薬師寺警視、手かげんというか足かげんというか、なさってましたもん。本気で蹴られてたら、泉田警部補、意識不明の重態ですよ」

おどかさないでくれ、といいたいところだが、貝塚さとみは大マジメである。内心で私はタメ息をついた。あの痛さは女性にはわからないだろうな。

「で、これからの作戦はどうなってますかあ？」

「ないよ、そんなもの」

苦笑しかけてやめたのは、だれかに見られている可能性をおもんばかったからである。痛みをこらえながら私はささやいた。

「とりあえず、こちらがキャリア組とノンキャリア組とで仲がうまくいってない、と、そう思っててくれればいい。やつらが何かしかけてきたら、臨機応変にいこう。簡単にはいかないだろうが、悪あがきしてみるさ」

周囲のロシア人たちはあいかわらず無表情だが、日本語がわからないフリをしているやつがいるかもしれない。と、突然。

「あれ、泉田サン、それにみんなも、こんなところで何なさってるんですかあ」

「能天気」と名づけたくなるような声がして、箱形の建物の方角から、ひとつの人影が近づいてきた。

日本人《ヤポンスキー》たち全員が顔を見あわせた。室町由紀子まで、「あ、忘れてた」といいそうな表情になって、掌《てのひら》で口をおさえる。涼子がわざとらしく舌打ちした。私はというと、舌打ちする気にもなれなかった。室町由紀子がここにいる以上、岸本明もここにいるのは当然のことなのに。

状況を把握できないまま、岸本はスキップを踏むみたいな足どりで寄ってきた。

「あーッ、あれサーベルタイガーじゃありませんか！」

岸本は、檻を指さして叫んだ。博物館で恐竜の実物大模型を見たコドモのようである。

「すごい、すごいなあ、ホントに生きてたんだ。泉田サンの妄想じゃなかったんですねえ。うたがってゴメンナサイ」

素直にあやまられても、ちっともうれしくないのは、なぜだろう。

日下が無言で指を鳴らす。ロシア人のうち二名が、岸本に銃口を突きつけた。

無邪気な笑顔のまま、何の役にも立たず、岸本は私たちとおなじ虜囚《りょしゅう》の身となった。

Ⅳ

ようやく状況を理解すると、岸本は白眼をむいて、ひっくりかえりそうになった。阿部と貝塚の両巡査が、あわてて左右からささえる。

「島倉先生、この六人の警察官ですが、私に処分をご一任いただけますでしょうか」

「よろしい、おまえにくれてやる。好きなようにせい」

「ありがたき幸せ」

日下はうやうやしく一礼した。島倉に対する冷侮《れいぶ》の動作だ。島倉は、涼子や由紀子、それに私たちの身体や生命に対して、何の権利も持っていない。ただ、自分が国家の重要人物だから、そうでない者の生命を自由にする資格があると信じこんでいる。

「祖国のために喜んで生命をささげるのが、日本人の美徳だ。もったいない美女だが、桜の花のように美しく散ってみせろ」

「やなこった」

一言で涼子ははねつけ、ついでに舌まで出してみせた。島倉は目をむき、怒りのせきばらいをした。

「なまいきな小娘め、よし、それなら教えてやる。わしの偉大なプロジェクトを」

「話したきゃ、どうぞごかってに」

「聴いておどろくな。シベリアをロシアから分離独立させるのだ！」

「は……!?」

私たち全員、耳をうたがったが、平然と日下があとをつづけた。

「そしてまず、日本に北方領土《ほっぽうりょうど》を返還させる」

日下の言葉に、島倉がうなずく。いかにも満足そうだ。

「それで日本はとびつく。とびつかなければおかしいさ。返せ返せさあ返せ、といいつづけて、では返すというのに拒絶するというのは、おかしな話だからな」

「これで日本とロシアとの間の国境問題は一気にかたづく。わしがかたづけるんだ」

島倉の声に熱がこもる。秘密の計画だったのだ。これまで他人にしゃべるのをがまんしていたのだろう。

「一方、中国は日本海への出口を熱望しておる。そうだな、ウラジオストクの南方、ポシェト湾あたりの土地をくれてやろう。もちろん無料《ただ》ではない。世界第二の経済大国に対して、それは失礼というものだからな」

「そんなつごうのいい話、ロシアが乗ってくるの？」

「乗ってくるに決まっとる」

島倉が断言した。

「ロシアはシベリア極東を開発したい。ピョートル大帝やエカテリーナ女帝以来、ずっとそれが悲願だった。だが、いまだに実現にはほど遠い。シベリア極東の人口は減るばかりで、かわりに中国人移民どもがどんどん進出しとる。このままでは、国土を中国人どもに乗っとられてしまう」

涼子が肩をすくめた。

「そりゃそうよね。ハバロフスクから北京までは千八百キロかそこらなのに、モスクワまでは八千キロもあるんだもの」

「ホントに遠いです」

それまでずっと沈黙していたペトさんが、一言いって、まただまりこんだ。

私は、いくらあきれても、あきれたりるということがなかった。ロシアからシベリアを分離独立させるなんて考えた日本人がいるだろうか。思わず、叫ぶようにいってしまう。

「そんなばからしいこと、できるわけないだろう!」

「パナマ運河の歴史をご存じかね?」

日下がいう。陰険な教師が生徒にかけるような声だ。この男の知的虚栄心もなかなかのものらしい。

「知ってるわよ、それくらい」

涼子が、突き放すように応じる。

「パナマ地方はもともとコロンビア共和国の一部だった。アメリカ合衆国は、太平洋と大西洋をむすぶ運河を建設するため、パナマ地方がほしかった。そこでパナマ地方の住民を煽動《せんどう》して叛乱《はんらん》をおこさせ、パナマ共和国を分離独立させた。然《しか》る後に、パナマ共和国のどまんなかを永久租借《そしゃく》地として、事実上のアメリカ領とし、運河を建設した……何かつけ加えることがある?」

「ご名答。それじゃ、メキシコ領だったテキサスや、独立国だったハワイが、どうやってアメリカ領になったか……」

「答えるのもばかばかしいわね。こっちが質問したくなってきたわよ。あんた、アメリカが国をあげて成功させたことを、ひとりでやってのけるつもりでいるの？」

「ひとり……さあ、どうかね」

日下はうそぶきながら、同朋一同を見まわした。私は何とか彼に隙を見出そうとこころみた。

「で、あんたのつくる国の名は決まってるのか？」

「では世界で最初に、君たちに教えてあげよう。極東シベリア民主主義人民共和国、略称ＤＰＲＦＳだ」

「うわー、長い、しかも趣味悪い」

涼子が吐きすてた。私も同感である。だいたい民主主義も人民もおかまいなしの国にかぎって、そういう名をつけたがるものだが、日下の表情を見るかぎり、性質《たち》の悪いブラック・ジョークにちがいない。

島倉が怒ったように何かどなっている。日下ではなく自分の計画だ、といっているようだが、日下は鄭重《ていちょう》に無視した。

「ご存じのとおり、ロシアはヨーロッパとアジアにまたがっているが……」

日下の「授業」がまたはじまった。

「レーニンはロシア革命をヨーロッパの部分だけにとどめようとした。アジアにまでは、とても手がまわらないと思ってたんだ。彼は列強《れっきょう》が革命に軍事介入してくるのを恐れていた。まあ実際あとではそうなるんだが、その前に策《て》を打とうと必死だった」

今度はロシア革命史か。うんざりしたが、涼子は案外まじめな表情で聴いている。

「レーニンは考えたのさ、アメリカを味方につけよう、と」

「アメリカにとっちゃ迷惑な話ね」

「もちろん無料《ただ》じゃない。レーニンは、シベリア全部をアメリカにくれてやろうとしたんだ。そうすりゃ、イギリスも日本も、シベリアに手を出せなくなる」

「シベリア全部をね。アメリカ全土よりずっと広い土地をね。ずいぶん気前のいい話だけど、事実なの？」

「歴史上の秘話ってやつだよ。だいたいシベリアは当時、反革命軍が勢力を持っていて、レーニンにとっては、そんな土地をくれてやっても惜しくはなかったのさ」

「でも結局、その話はないことになったのね」

日下は顔を上下に振った。

「スターリンの時代になると、領土をゆずるどころか、弱みにつけこんではむしりとって、一ミリ四方も返さないようになった。レーニンは革命家だったが、スターリンは世界一の大地主になった。ソ連は世界一広い国で、土地はすべて国有だから、つまりはスターリンの領地ということになる」

日下はなぜか、かるく溜息をついた。

「ソ連が崩壊したとき、私は狂喜したものだ。共産主義がどうとかいうことじゃなくて……」

「ハッ、いわなくてもわかるわよ。大動乱がおこって、どれだけ多くの血が流れるか、期待してたのに、あんがいソフトにおさまって、ほとんど死者が出なかったもんね」

日下は笑って答えない。それこそが正解の証明だった。涼子は、島倉との距離が十メートルほどあるのをたしかめて、めずらしく声を低めた。

「で、島倉のジイさんは？」

「島倉？　ふふふ……」

悦にいった笑声だった。

「あの老人は、自分の名を後世にのこすのが欲望さ。不滅の名声をね」

「ハッ、国土を放射能で汚染した原子力ムラのボスとして？」

「フクシマ原発事故まではそうだったが、現在《いま》ではちがうね」

私はつい口をはさんだ。

「北方領土を日本に返還させた大功労者として

か？」

「そんなところだ。話によっては、北方領土だけじゃない、千島《ちしま》列島全部にサハリン島をつけてやってもいい。これも、もちろん無料とはいかんがね」

そのとき島倉が、カンシャクをおこしたように大声で日下を呼んだので、日下は涼子に片眼をつぶってみせてから歩いていった。その後姿をひとにらみしてから、涼子は私にささやきかけた。

「どう思う、泉田クン？」

「無責任なことをいうなら、構想はおもしろいと思いますが……」

「実現はむずかしい？」

「まあ不可能でしょ」

「理由は？」

「第一、ロシアが笑顔で認めるわけがありませんよ。何のかのいっても、アメリカにつぐ軍事大国ですからね。機甲師団を投入して、一週間もかかりません、シベリア全土を制圧するでしょう」

「国際社会はどう出ると思う？」

「うーん、シベリアに住んでる人たちが分離独立を希望しているというならともかく、そんな話も聞きませんからね。国連も、どの国も、巻きこまれたくないでしょう」

「内乱になっても、見て見ぬふりか」

「内政不干渉……というか、内乱にまでもなりゃしませんよ」

私は寒風にかるく首をすくめて、語をついだ。

「おまけに、独立の裏に日本人の連続殺人犯がいるとなったら、どこの国だってバックアップなんかしませんよ。アメリカだってね」

「日下はどうせ傀儡《かいらい》の大統領をたてるだろうけどね」

「ロシアは遠慮なく軍事攻撃をかけてくるでしょう。アメリカや中国は、内心はともかく、調停に出てくるかもしれませんが、当然、見返りを求めるはずです」

「大混乱になるわね」

「それをどうやっておさめる気ですかね」

「おさめる気なんて、ないんじゃないの」

「え!?」

思わず涼子の顔を見ると、彼女の両眼に思考の光がきらめいている。

「あの殺人鬼がのぞんでいるのは、大混乱と大流血、それ自体じゃないのかな」

「さっき、旧ソ連の崩壊のことをいってましたね」

「よくは知らないけど、第三次世界大戦もおこらず、ずいぶんあっけなかったらしいものね」

「だから自分の手でやってやる、というわけですか」

「誇大妄想もいいところね」

「でも、あなたの世界征服構想よりは具体的ですよ」

われながら不用意な発言だった。たちまち女王サマはご機嫌をそこねて、不遜《ふそん》な部下をにらみつけた。

「君があたしの具体的計画について知りたければ、くわしく教えてあげるわよ！　でも、いったん聴いたら、あともどりはできないからね。覚悟はできてるの？」

「いいえ、あの、私はただ具体的だといってるだけで、実現性が高いとは一言もいってませんよ」

あせって私は弁明した。こんなアホらしい話であせる必要もないのだが、そのとき私の脳裏には、ある音楽が鳴りひびいていたのだ。ミュージカル『オペラ座の怪人』中の一曲「ポイント・オブ・ノー・リターン」が。

離れたところで何やら密談していた日下や島倉たちが、また歩み寄ってきた。つくづくイヤになって、私は溜息をついた。

「一日も早く帰りたいですよ」

「放射能だらけの日本へ？」

「常識の通じる世界へ、です」

そのあとも、マンモスをサーベルタイガーのつぎにクローン技術で復活させるだの、地球温暖化が限度をこえたら日本人全員をシベリアに移住させるだの、シベリアと組んで中国を封じこめるだの、今日一日で一生分の妄想を聞かされた。そろそろラーメン屋でＴＶを視《み》ながら、大リーグ野球や女子サッカーの話でもしていたい。

まったく、平凡こそが幸福の基礎である。

Ｖ

「平凡」の反対語は「非凡」ということになるが、私の上司は、一貫して意気軒昂《けんこう》たるものだった。まっこうから日下にケンカを売ったとき言明《げんめい》したように、百パーセント勝つつもりである。彼女の実績を知っている私としては、せめて多少は協力しなくてはならないのだが。

「ま、ここにいる日本人は、犯罪者以外、みんな公務員。民間人を巻きこむ心配はないから、せいぜいハデにやってやろうじゃないの」

「外交官たち、協力してくれますかね」

「あいつらはジャマさえしなきゃいいわ。ジャマするなら敵だし、敵なら何をやってもいいことになるわね」

「その二段論法、ちょっと乱暴ですよ」

「自分で自分の身を救えないような外交官、日本には必要ない！」

涼子はわざとらしく声を高めた。

「民間人には自己責任を押しつけておいて、自分たちは助かろうなんて、順序が逆でしょ。ちょっと、そこのふたり、のこのここんなところでケチくさい陰謀に加担してるんだから、このあとどう責任をとる気なのか、いってごらん！」

「そこのふたり」というのは大鶴と浅川で、「想定外」という名の泥沼でおぼれている最中だったが、あわをくって、弱々しく抵抗した。

「そんなこといわれたって……」

「わ、私らは何も知らん」

「いま知ったでしょ。あんたたちが平身低頭していた相手は、連続殺人犯とつるんで、ロシアを分割しようとしてたのよ。国際社会から、日本がテロ国家よばわりされてもしかたないわよねえ、ホホホ」

意地悪く笑いをぶつける。笑ってる場合ではないと思うが。

「ま、アメリカさまのご機嫌さえそこねなきゃ、他の国に何といわれても平気なんだろうけどさ」

「し、し、失礼な」

「あら、むかし南米非核条約が国連で採択されたときのこと忘れたの？　賛成百五十ヵ国、反対一ヵ国、棄権一ヵ国。反対はアメリカで、棄権は日本。棄権ってところが泣かせるわよねえ」

「まあそれくらいにしてやりたまえ。しょせん彼らは下っぱにすぎんのだから」

まるで穏健派のように、日下が涼子をなだめた。

「それより、サーベルタイガーについて、聴きたいと思わないかね。これは想像にすぎないがね、一九〇八年、シベリアのツングースカに隕石が落下した。隕石ではなく彗星《すいせい》だともいわれるが、半径二十キロにわたって樹海はなぎ倒され、炎上し、凍土は熔解した」

そこまでは岸本にも聴かされた話だ。日下はかるく眼を閉じた。脳裏にスペクタクルの映像を想いうかべるように。

「その凍土のなかに一頭か二頭のサーベルタイガー、正確にはマカイロダスが埋もれていた。理由はわからないが、彼らは仮死状態だった。それが一万年の眠りからめざめ、地上によみがえった」

「見てきたような話ね」

「想像だといったろう。一九〇八年といえば、かのラスプーチンがロシア宮廷を壟断《ろうだん》していたころで、まともな学術調査などおこなわれなかった。そのあとは、第一次世界大戦、革命に内戦、そしてスターリンの大虐殺だ。ツングースカなどに、だれも関心を持たなかった」

「ツングースカの大爆発から、百年以上たってるわよ。その間、サーベルタイガーたちはどうやって生きてたのさ」

「そこはそれ、大自然の神秘というやつだね」

「つまりわかってないわけね。ま、どうでもいいけど、あんたは幸運にも手にいれたサーベルタイガーを繁殖させていった……」

「残念ながら、そうはいかなかったんだ。誕生したサーベルタイガーは、生殖能力を持っていなかった」

「あらあら、たしかに残念ね。すると、クローンをくりかえすしかないわけ？」

「そうだ、そして一回ごとに劣化していく」

日下の声は、おちついているようで、表面下にあるにがにがしい怒りを隠しおおせることができなかった。日下のサーベルタイガー再生計画は、理想どおりにはいかなかったのだ。


日下がふと、何か思いついたような表情をした。私はイヤな予感がしたが、ざらざらした不快な声が思考をさまたげた。三人組のひとり金丸である。

「日下さん、この男どもを生かしておくのか」

ずいぶんと率直な男である。

「お客は三人もいれば充分だろう」

「君が何を考えているかはよくわかるがね、金丸クン」

日下はキザっぽく唇をゆがめた。

「男には男の使途《つかいみち》がある。彼らがどのていど苦痛と恐怖に耐えられるか、君にだって興味があるだろう。あれだけの美女たちは貴重だ。もっと気軽に実験に使える材料があってもいいと思わんかね」

「ボ、ボク、知ってることは何でもしゃべります。隠したりウソついたりしません。ですから助けてくださあい」

岸本はせっかく正直の美徳を発揮したのに、だれからもほめてもらえなかった。味方のはずのヤポンスキーたちからも白い眼で見られて、悄然《しょんぼり》する。

「どうだね、これから私たちの本拠地を見せてあげるつもりなんだが……」

「料金でも支払えっていうの？」

「そんなヤボなことはいわない。ただ、こちらが見せてあげるのだから、そちらにも見せてほしい」

「見せるものなんて、べつにないわよ」

「あるじゃないか、美しいものが」

日下の言葉に、月岡ら三人の幹部が下品な歓声をあげた。もっとも俗っぽい想像をしたらしい。じつは私も、とっさに女性たちの危険をおもんばかったのだが、日下のつづけた台詞《せりふ》は意外なものだった。

「世界に誇る日本人の美しい絆《きずな》を見せてもらいたいんだよ。キャリアとノンキャリアが力をあわせて危機を乗りきる。さぞ美しい光景だろうねえ」

月岡らはロコツに落胆したし、私たちも、日下の真意をはかりかねた。私たちに何をさせるつもりだ？

「これからサーベルタイガーを一頭はなす。二日間、餌《えさ》をやってないやつをね。キャリアとノンキャリアが一名ずつ組んで、そのサーベルタイガーを斃《たお》すんだ。もし斃せたら、敬意を表して、全員の待遇のレベルをあげてあげよう」

先ほど日下が何か思いついたように見えたのは、これだったのか。涼子が応じる。

「斃せなかったら？」

「あわれ、魔獣の餌になるだけだ。さて、だれにやってもらおうか。ああ、キャリアは唯一の男性、ノンキャリアはいちばん背の高い君にやってもらおう」

こうして岸本明と私が選ばれた。

お恥ずかしい話だが、告白しよう。生命がけで守るべきキャリアが、薬師寺涼子でもなく、室町由紀子でもなく、岸本明と決められたとき、私のモチベーションは、空気のぬけた風船のように、シュルシュルと音をたててしぼんでしまったのであった。

第六章　人生、試練だらけ

I

「さあ、それでははじめるとしようか」

　日下の両眼には炎が燃えていた。いや、ちがう。炎の色と形をしていたが、熱はなく、形も変わらない。炎の色と形をした氷が、彼の眼にあふれており、見る者の心を凍《い》てつかせる。

　岸本は失神寸前で、立っているというより、ふらふら地上にただよっているように見えた。薬師寺涼子が舌打ちした。

「たよりないったら、ありゃしない。海中から地上へ打ちあげられたクラゲ人間ってとこね」

「ひどいことといわないであげて。無理もないことだと思うわ」

　室町由紀子が部下をかばう。見あげた上司ぶりである。

「あんたにとやかくいわれたくないわね。あたしと泉田クンなら、サーベルタイガーの一頭ぐらいどうにでもするわよ。日ごろ、あたしがきたえてあげてるしね！　だけど岸本がくっついてたんじゃ、足手まといもいいところ。岸本がかじられるのに、あたしの部下が巻きこまれたりしたら、どうしてくれるのさ」

「泉田警部補のことが心配なのね。だったらどうして、さっき彼をひどく蹴りつけたりしたの？」

「あれは泉田クンのへたなおシバイにつきあってあげただけよ。ああでもしなきゃ、日下の眼をごまかせないでしょ」

「泉田警部補、ずいぶん痛そうだったわ」

「あれだっておシバイのうちよ。泉田クンは痛いフりしただけ」

いや、ほんとうに痛かったぞ。

「それに、あたしは心配なんかしちゃいないわよ。ただ、上司であるあたしの面子《メンツ》をつぶさないでほしいだけ」

涼子は腕を組み、まっこうから私をにらみすえた。

「まだ例の許可は出さないからね、泉田クン」

私は上司の許可がないかぎり、死んではいけないことになっているのだ。

「やってみますよ」

「いざとなったら、岸本をサーベルタイガーの前に放り出すのよ。こっちはあたしが許可するから」

「そんなことは絶対に……」

憤然としていいかけた由紀子は、私と視線があうと、何やら困惑した表情でだまってしまった。

「だいじょうぶです、何とかします」

ふたりの美女に強がりをいって、私は岸本の肩をつかんだ。

「おい、しっかりしてくれよ。おまえさんが全力をつくしてくれないことには、何ともならないからな」

「ボ、ボク、総務省か文科省にでもいけばよかった……」

「もうおそい！」

異口同音に、私と日下が叫んだ。わざとらしく、日下が腕時計をのぞきこむ。

「一分後にサーベルタイガーを放す。それまでにせいぜい遠くへ逃げるんだな」

「たった一分……」

「ほら、もう五十九秒だ」

私は無言で岸本の腕をつかんだ。走り出す。

檻《おり》のなかのサーベルタイガーが巨体を動かして鉄格子にぶつけた。その音の不気味さといったらなかった。

「ひえー、ボクたちを餌だと思ってますよー、あの牙、ナイフとフォークみたいだ」

「よけいなおしゃべりをつづけると、置いていくぞ！」

手をはなしてやったので、岸本は悲鳴をあげて短い脚をフル回転させた。

高さ四メートルほどのコンクリート塀、その上に鉄条網。これは上るのが不可能だ。涼子たちの周囲とヘリの近くには、カラシニコフ自動小銃をかまえた迷彩服の群れ。近づけば射殺される。

粗《あら》いコンクリートからむき出しの地面へ、靴底の感触が変わった瞬間、私は肩ごしに振り向いた。見たくもないものが見えた。

「やつが放された。他に方法はない。左前方の樹に上るぞ」

楡《にれ》の一種だと思うが、堂々たる大樹が塀の近くにそびえている。いくらサーベルタイガーが下半身が弱いといっても、人間より走るのがおそいネコ科の動物なんていない。私は心肺機能を全開にして走った。走った。背後から、なさけないあえぎ声が追いすがってくる。

「い、泉田サン、泉田サン」

「何だ、うるさい」

キャリアに対する言葉づかいではないが、こだわってるような場合ではない。ようやく樹にたどりつき、よじ登りはじめる。

十秒そこそこで、サーベルタイガーが、あらあらしく幹に巨体をぶつけた。慈悲をこうような叫びをあげて、樹がゆれる。枝がしなる。残りすくない葉がシベリアの秋風に舞う。警視総監なら、「秋風や」なんて一句詠《よ》むかもしれない。

「サーベルタイガーは上半身はすごく頑丈《がんじょう》なんですけど、下半身は貧弱なんです。骨も筋肉も……」

「だから!?」

「た、高いところへ上るのは正しいです。でも上りすぎると、幹も枝も細くなるからアブナイです。適当なところで……」

「わかってるよ！」

木登りなんて何年ぶりのことやら。案外スムーズに一番下の枝にたどりついたので、左手でつかまりながら右手で岸本を引っぱりあげる。私より十歳も若いくせに身体能力の低いやつだ。

かろうじて破局は回避された。岸本の足首をねらったサーベルタイガーの牙は、五センチの差で空気を噛み裂いた。無念の声が鼓膜をたたく。後肢の弱いサーベルタイガーは、ジャンプして樹上をおそうことはできないだろう。安堵の溜息をついたが、十秒と保《も》たなかった。信じられない光景を、私は眼下に見た。

「何てやつだ。前肢だけで樹に上ってくるぞ」

「だ、だからいったでしょ、上半身は頑丈だって。ボクの情報、正確だったでしょ？」

本気で私は考えた。この役に立たないキャリア官僚のヒナ鳥を、サーベルタイガーの餌にして、自分だけ助かってやろうか、と。だが、「何とかします」と私はいった。それは岸本も助けるということだ、と、室町由紀子は了解しただろう。とにかく、最善をつくさなくてはならない。

私は下から二番めの枝につかまって、自分自身を一メートルほど引きあげた。

「お前さんも、もうすこし上れ。あいつが前肢だけで全体重をささえるには限界があるはずだ」

「も、もう限界ですぅ」

「手を出せ、引きあげるから」

右手を差し出したが、岸本は恐怖で惑乱《わくらん》してしまっている。下の枝にしがみついたまま、

「こ、こうなったら、泉田サン、あきらめて、いさぎよく、いっしょに死にましょう」

「ことわる！」

岸本と心中するくらいなら、自分ひとりで死んだほうが、よっぽどマシである。だが、死にたいわけではないから、とすれば闘うしかなかった。

サーベルタイガーの後肢は幹に爪をたてているだ

けで、全身の体重をささえているのは前肢だ。その前肢で一撃されたら、私の肉体など四散してしまう。だがそうなると、サーベルタイガーのほうは片方の前肢だけで全身をささえることができるかどうか。

いつのまにか私の全身は冷たい汗にまみれていたが、額から眼へ流れこむ汗をぬぐった瞬間、あることを思いついた。

あせるなあせるなと自戒しながら、適当な枝をへし折る。葉を払い落とし、先端を斜めに折った。樹上で何とかバランスをとりながらジャケットをぬぎ、サーベルタイガーの顔のすぐ横をかすめるように落とした。

サーベルタイガーの注意がそれた瞬間。

「いまよ、やっちゃえ！」

涼子の声が聞こえた——ような気がして、私は思いきり、長さ五十センチほどの枝を突きおろした。斜めにとがった枝の尖端《せんたん》が、サーベルタイガーの右の眼球に突き刺さる。

シャアアア……！

何度聞いても耳にやさしくない声だ。サーベルタイガーが頭を振ると、枝はあっけなく私の手からもぎとられた。

苦悶《くもん》のあまりサーベルタイガーは前後かまわず左右の前肢を振りまわす。そのまま、ずるずると幹をすべり落ちそうになる。やった、と思ったとき、魔獣の前肢が、下の枝を強くたたいた。岸本の身体がバランスをくずす。

「あっ、バカ！」

思いきり手を伸ばしたが、岸本のジャケットに、鉛筆一本の太さだけとどかなかった。岸本の丸っこい身体は、まっさかさまに落下した。

反射的に私は目を閉じてしまったが、「キャー」という岸本の悲鳴に目をあけると、サーベルタイガーの巨体が地面にころがり、何と岸本がその背中に両手両足でしがみついているのが見えた。

「ひえー、助けてー！」

未来の警察庁長官の、救いを求める声が、シベリアの秋空にこだまする。何だか日本ザルの親子みたいにも見えたが、彼を背中にしがみつかせたままサーベルタイガーが起きあがり、走り出した。

「岸本、しっかりしがみついてろ！　手も足も絶対はなすな！　振り落とされたら、その場で嚙《か》み殺されるぞ！」

「ひえー、ひえー」

というのが岸本の返事である。とにかく感心なことに、彼は必死で魔獣の背中にしがみついていた。サーベルタイガーは右眼に枝を刺したまま、狂乱の態《てい》で走りつづける。見物人一同にむかって、ぎくしゃくとした、だがダイナミックな動きで。

想定外の事態にあわてた迷彩服の男たちが、サーベルタイガーに銃口を向けるのが見えた。

「やたらと撃つな！　岸本にあたったらどうする!?」

どなってから私は気づいて舌打ちした。何で私が岸本なんかの身を案じてやらねばならんのだ。もう充分、あいつに対する責任と義務と使命は、はたしたではないか。

しかし、樹上でのんびり見物を決めこんでいられる立場でもない。私は可能なかぎり迅速《はや》く樹の幹をつたいおりた。地上に着くと、落ちていたジャケットをひろいあげ、自分も走り出す。

II

空はすでに暮色《ぼしょく》を濃くしつつある。箱形の建物はあちこちの窓に灯火をきらめかせはじめた。『モスクワ郊外の夕べ』という、やたらと感傷的なロシアの歌曲があるが、そういう時刻である。

地上の光景は、感傷的な雰囲気とはほど遠かった。右眼に枝を突きたてたままのサーベルタイガーは、苦痛と憤怒に狂乱して駆けまわる。たしかにそれほど速くはないが、重量感と迫力は、息をのんで

立ちすくむほどだ。

その背中にしがみついた岸本明は、自分が世界でただひとり、「サーベルタイガーの背中にまたがった勇敢な男」になってしまったことも知らず、かぼそい声で悲鳴をあげつづけている。

たてつづけに銃声がおこった。私はかさねて「撃つな」とどなったが、誰も聞いていやしない。まして日本語だったから、通じるはずもないのだ。

さいわい一発もあたらなかった。カラシニコフの殺傷能力は高いが、射手たちは半分逃げ腰である。まして、トラやヒョウのように動きはよくないが、サーベルタイガーは大きく身体をゆらしながら走っている。狙点《そてん》をさだめるのすら、容易ではなかった。

「どこへいく気ですかね」

肌寒いにもかかわらず、阿部巡査が、額の汗をぬぐった。私は愕然《ぎょっ》とした。このままサーベルタイガーが、開放された門から外へ駆け去ったら岸本は助からない。まずい、と思ったとき、銃声がひびいた。

ただ一発。

サーベルタイガーは、眉間《みけん》を撃ちぬかれたことに気づかないかのように十歩ほど走り、何の前ぶれもなく、重い音をたてて横転した。

魔獣の背中にしがみついていた岸本も、そのままころんと横に倒れ、仲よくサーベルタイガーとならんで地面にころがる。

誰が撃ったのかは直感でわかっていた。それでも私はその人物を見やって、茫然とせずにいられなかった。両手でマカロフをにぎり、かるく両脚を開いて立つ薬師寺涼子の姿。その足もとに、ロシア人がひとり長々とのびている。本来の拳銃の所有者だろう。マカロフは、十五メートルも離れれば、静止した的にあてるのさえ困難なのに、この夕闇のなか、ただ一発で急所に命中させ、即死させるとは。超人的な技倆だ。シモ・ヘイへの霊もおどろくだろう。

涼子はマカロフを放り出した。ペトさんが微妙な表情でそれをひろいあげる。

日本人《ヤポンスキー》たちはサーベルタイガーの周囲にあつまった。

私たちは、はじめてサーベルタイガーの死体を観察することができた。巌《いわお》のようにたくましい上半身。両肩は盛りあがり、前肢は太い。それにひきかえ後肢は細く、尾はみじかい。

「警視、これを見てください」

左右の耳のうしろに、電極らしいものが隠れていた。のぞきこんだ涼子と由紀子が、それぞれ柳眉をかるくひそめる。

「これでサーベルタイガーをあやつっていたんですかね」

「どのていどまでコントロールできていたかはわからないけどね」

とにかく岸本がサーベルタイガーの巨体につぶされかかっていたので、私と阿部巡査とで魔獣の身体を押しやった。岸本は生きていた。かすり傷だけだ。

「イ、泉田サン、ボクはもうダメです」

「しっかりしろ、たいしたケガじゃない」

「でも傷口から悪い細菌がはいってるかもね」

ここぞとばかり、涼子が意地悪なことをいう。岸本は丸っこい手を私のほうへ伸ばした。

「も、もうボク天下りはあきらめましたから」

「あきらめることないだろ」

いや、天下りはあきらめさせるべきだろうか。

「泉田サン、ボクが死んだら、いずみちゃんのこと、よろしくお願いします」

え、いずみちゃんて誰だ？　岸本に妹がいたとは聞いたことがない。まさか恋人ではないだろうな。

当惑していると、貝塚さとみが私の腕に手をかけた。

「警部補、警部補、花岡《はなおか》いずみのことですよ」

「何だ、貝塚くん、知ってるのか」

「知ってるも何も、ほら、レオタード・グリーンのことですよ、五人のレオタード戦士のひとり」

「あっ、そうか」

電撃をくらったように私は了解し、同時にアホらしさの花火が空中で満開になるのを感じた。

「ボ、ボクが死んだら、あの義烏《イーウー》製のフィギュア、かならず日本に持ち帰ってくださいね。でもって、お棺のなかに……」

私は岸本の肩をたたいた。

「わかった、おまえが死んだらなあ」

何だか我ながら悪党めいた声が出た。

「だいじょうぶですって、死にませんよ」

阿部巡査がなぐさめる。私よりずっと善人である。外見からは想像しにくいが。

室町由紀子はサーベルタイガーの死体をながめて、かるく合掌《がっしょう》した。あわれに思ったのだろう。それでも涼子をとがめることはしなかった。傷つければさらに危険になる。即死させる以外、方法がなかったことは、由紀子も承知していたにちがいない。

「さてと」

涼子が左手を腰にあてた。

「ひと晩くらいここに泊まってやるのも話の種になるかな」

「警視！」

「と思ったけど、やっぱりやめた。今夜のうちに、このろくでもない場所を、本物の廃墟にしてやる。そして……そして……えーと」

言葉を切って、私を見た。

「何て名前だっけ、あの町？」

「トロイです」

「そんなに短かったっけ？」

「あなたを見習って、省略することにしました」

「けっこう、あたしに学ぶ姿勢がやっと出てきたのね」

「……そういうことだと思います」

「よし、トロイにもどって一泊するのよ。で、これからどうする？」

「ニッポン警察の実力を見せつけてやるべきかと」

「うむ、合格、それじゃ皆の者、いくぞ！」

闘志満々、意気揚々。ただし銃を持っているのは涼子ひとりである。私たちは武器になるものをさがすか、敵からうばわねばならない。

「敵の銃をうばったら、ひざから下をねらえばいいわ」

ひざから下を撃てば、まず死なせなくてすむだろう。それに、歩行できなくしておけば、いちじるしく戦闘力をうばうことができる。

先方は私たちを殺すつもりでいるから、どうもハンディキャップが大きいような気がするが、何しろこちらの指揮官は薬師寺涼子である。フシギと、負ける気がしない。やることはムチャでも、実績を見れば、「不敗の名将」なのだ。ハンニバルやナポレオンも顔色なしなのである。

それから、すさまじいことになった。日下が傲然《ごうぜん》と傍観しているうちに、日本人《ヤポンスキー》たちは、いっせいに建物に向けて走り出したのである。散発的な銃声がおこったが、負傷者《けがにん》ひとり出ず、つられるようにロシア人たちも走り出し、至近の建物のひとつになだれこんだ。

乱戦になった。

同士討《どうしう》ちをおそれて、敵は銃を使えない。そこに涼子や私がつけこむ隙がある。というより、そこにしかない。

涼子は双刀術を駆使した。壁にかけてあった長さ六十センチほどの硬質ゴム製の警棒を両手に持って、左にひらめかせ、右に奔《はし》らせる。耳の上の側頭部を一撃し、鼻柱をなぐりつけ、ミゾオチを突く。フィギュアスケート選手のように、一回転して、顔をなぐると見せかけ、股間《こかん》を蹴りつける。

鼻血が飛散する。おれた前歯が宙を舞う。悶絶した男どもが口角から泡をふいて床にころがる。阿部巡査が剛力をふるってテーブルを持ちあげ、密集した敵に投げつけると、四、五人の男がまとめて下じきになった。貝塚さとみは柱や家具の間をフルスピードで走りまわり、敵の隙を見ては、警棒で頭やスネをぶったたく。

運の悪いロシア人たちがみるみる数をへらしていくのを見て、島倉老人は茫然と立ちすくんでいたが、ふと気づくと、涼子が背後から腕をまわして彼の咽喉《のど》に警棒を押しつけている。

「な、何をする」

「決まってるでしょ、人質にするのよ」

「こ、この小娘、わしを誰だと思っとるんだ。わしは島倉剛夫だぞ。原発建設に反対したF県の知事を、検察特捜部に逮捕させたこともあるんだ。やつは一年半、刑務所にはいって……」

涼子が警棒をにぎる手に力をこめたので、島倉老人は食用ガエルのような声をあげた。

「さっきはずいぶん、りっぱな口をたたいてたじゃないのさ。日本人なら桜の花のようにいさぎよく散れ、ですって？　けっこう、散ってもらおうじゃないの。ほら、散ってごらんなさいよ」

「く、苦しい……」

「あたりまえよ。苦しくしてやってるんだから。何ならもっと苦しくしてやろうか？」

私はつい、よけいな発言をした。

「武士のナサケですよ、ゆるめてあげたらどうです？」

「武士のどこがえらいのよ。世襲制の公務員っていうだけじゃないの」

「まあ、たしかにそうですが、そういういいかたはミもフタも……」

「ミもフタも必要ないわよ。何ひとつ生産せずに、いばりかえってただけでしょ。武士道なんか賞賛するやつは、他人に働かせて自分だけ年貢《ねんぐ》でのうのうと生活するようなやつなんだから」

「それは偏見だわ。もともと武士は……」

すっかり歴史愛好家のスピリットにめざめたらし

く、室町由紀子が異議をとなえようとする。長くなることと必至なので、あわてて私はロシア人たちに出ていくよう告げた。もちろん身ぶり手ぶりでだ。

III

こうして室内には日本人《ヤポンスキー》だけがのこった。やれやれとひと息ついたとき、額《ひたい》のコブをなでながら、大鶴があえいだ。

「わ、私たちはどうするんだ」

「あんたたち？」

「わ、私たちは外交官だ。外務省のキャリアだぞ！　国家になくてはならない人材なんだ。お、おまえらには、私たちの生命を守る義務があるだろ！」

声がしだいに上ずり、金属的になる。涼子が魔女の微笑をたたえた。

「ご心配なく。あんた、いえ、あなたがたにはちゃんと警護をつけますから」

「ほ、ほんとか」

「ええ、キャリア中のキャリア、エリート中のエリートをね。岸本！」

「はいはいはいはい」

元気をとりもどしたのか、何かの一線をこえたのか、やたらと浮かれたようすで、岸本がころがってきた。

「さて、これで、未来の駐米大使と、外務事務次官と、警察庁長官とが顔をそろえましたわね。日本の未来は、かがやいておりますわ」

涼子は毒の光線を瞳と口から発射した。

「岸本、あんたがこのふたりを守るのよ。ひとりで逃げたりしたら、ヒグマの餌《えさ》にしてやるからね」

「ひえー」と岸本は泣き声をあげたが、それは涼子の極悪非道な命令とは関係なかった。突然倒れたテーブルの蔭《かげ》から、拳銃をかまえた男が飛び出したからだ。

その男は何かどなったが、ロシア語だったので、誰にもわからなかった。涼子は文字どおり聞く耳もたず、硬質ゴム製の警棒を一閃《いっせん》させる。男はコメカミに無慈悲な一撃をくらい、泡を吹いて長々と床にのびた。しかも、美貌の加害者は、ひややかに告げていわく、

「話をしたかったら日本語でしゃべりなさいよ！」

考えてみればアワレな男である。ロシアで、ロシア人が、ロシア語をしゃべっているのに、理不尽《りふじん》なことをいわれるのだから。

涼子は男のマカロフ拳銃をとりあげ、弾倉をしらべた。

「同情の必要ないわよ。おなじロシア人の血と汗をしぼって稼いでる一味なんだから」

「この人、何かバッジらしいものを左手ににぎってるわ」

「何よ、お由紀、イチャモンつける気？」

「もしかして、この人、公安当局のスパイとして、秘密都市《ここ》にもぐりこんでいたのかも……」

涼子が微妙に顔の筋肉を動かそうとしたとき、ドアの外で騒音がおこった。涼子が私にマカロフを放り投げ、私たちはいっせいに身がまえた。

文字では表現しようもない悲鳴。うつろな銃声。壁に重いものがぶつかる音。もはや聞きあきた「シャアア……」という声。

涼子と私は顔を見あわせ、無言でうなずきあった。放たれたサーベルタイガーが、建物の内外をうろつきまわっている。生きた餌を求めて。しかも、おそらくただ一頭ではありえない。

「日下が放したんでしょうか」

「それ以外に考えられる？」

「ですが、何のために？　私たちを逃がさないためとしても、やつの部下にも犠牲者が出ますよ！」

「そんなこと、どうでもいいんでしょうよ、やつにとっては」

涼子の頬が美しく紅潮した。

「日下のやつ、自分がどのていど恐怖と苦痛に耐え

られるか、あたしがたしかめてやる」

私はだまっていた。いつものように、「拷問はダメですよ」という気にはなれなかった。

日下の荒廃しきった精神風景の一部が、私にすらかいま見えた。彼にとって他人は、実験とやらの材料か、便利に使う道具か、どちらかにすぎないのだろう。手下たちに対する愛情や責任感などがあるとも思えない。

では彼自身は自分をどう思っているのか。それが私にはまだわからなかった。島倉のような安っぽい俗物のほうが、まだしも行動原理が理解できるというものだ。

耳ざわりな音がひびきわたる。窓の外から銃弾が撃ちこまれたのだ。ガラス窓が割れくだけ、夜風が舞いこんできた。

「わんぱくな少年少女諸君、これ以上おとなをこまらせないで出てきたまえ。三十秒だけ待ってあげよう。でないと、オシオキに、手榴弾《しゅりゅうだん》を投げこむよ」

日下の声は、「ほんとはこわい童謡」でも歌うかのようだった。私は破れた窓からそっと外をのぞいた。

視界が赤くかがやく。

半瞬の間をおいて、無数の雷鳴が鼓膜を乱打した。爆発がおこったのだ。

私たちも敵も仰天《ぎょうてん》して動きをとめてしまった。建物のひとつが夜空へ向けてオレンジ色やレモン色の炎を噴きあげている。その炎の前を、黒い影が右から左へ流れた。鳥ではない証拠に、はばたかない。

「巨大なコウモリ?」

そう思ったが、すぐに正体がわかった。ハンググライダーなのだ。何者かが空中からこの秘密都市を攻撃している。涼子がドアをあけて外へ躍り出た。私も他の者もそれにつづいた。

ロシア人の幾人かが、口々に何か叫びながら、カラシニコフ自動小銃を夜空に向けている。顔が炎に照らされて、赤鬼さながらの形相だ。

だが、狙点《そてん》をさだめることもできないうちに、第二の爆発がおこった。爆風が吹きつけ、それに乗って、火薬の匂いや、コンクリートの破片や、ガラスのかけらが舞い飛んでくる。「ひえー」という悲鳴は、岸本と、ふたりの外交官のものだろう。

たてつづけに銃声がとどろいた。敵も味方も空中に気をとられているうちに、地上から戦場へ駆けこんできた者がいる。迷彩服を着た女性、私たちの知っている女性だった。

タマラ・(略)・パラショフスカヤは、両手にカラシニコフ自動小銃を持っていた。その体格からは想像もできないほど、右へ走り、左へ跳び、銃弾をかわしながら接近してきた。暗視ゴーグルで涼子の姿を認めるや否や、大声のフランス語を発する。

「あたしだけじゃないよ、強い味方がいる」

たぶん、そんな台詞《せりふ》だったのだろう。涼子が、満面に笑みを浮かべて大きく手を振った。すこし少女っぽく、こんな場合でもやたらと魅力的だった。

二機のハンググライダーは、建物のひとつの屋上に降り立った。それは幻想的というしかない光景だった。時刻は夜。燃えあがる建物が赤やオレンジ色の炎を、黒い夜空のキャンバスにちらつかせ、無色のはずの雲に暖色を波だたせる。二、三本のサーチライトが、あらあらしく空を切り裂いた。

そのなかで、黒い人影がふたつ、ハンググライダーからすばやく離脱したようだ。屋上の端にフックをかけ、地上へザイルを投げ落とす。まったくムダな時間をついやさず、ただちに降下をはじめた。

旧ソ連時代の箱形の建物だから、四階しかないが、一階ごとの天井が高いので、地上から二十メートルの高さにはなる。そこをしなやかに優美にすべりおりる姿は、まさに黒衣の天使だった。

「あ、あれは……」

阿部巡査と貝塚さとみが、異口同音に声をあげる。私は無言だったが、黒衣の天使たちの正体を知って、おどろきと喜びをおぼえた。地上におりたふたりが涼子のほうへ飛ぶように走り寄る。

「ミレディ！」

「マリアンヌ！　リュシエンヌ！」

このふたりのことを忘れていたというのは、信じられないほどどうかつなことだった。ふたりは薬師寺涼子にとって忠誠無比のメイドであり従卒《じゅうそつ》であり護衛兵なのだ。黒い戦闘服にベレー帽、背中にはやはり黒いデイパック、完全武装だ。

涼子と抱擁し、額や頬にキスしあうと、彼女たちは私に顔を向けた。

「ムッシュ・イズミダ、ブジ、ヨカッタネ」

「マタセテ、ゴメンナサイ」

まったく天使の笑顔だ。アメリカ軍の特殊部隊も顔色をうしなうほどの戦闘力をそなえながら、この可憐《かれん》な笑顔でも敵を無力化してしまう。

炎の赤と夜の黒とが勢力をあらそうなか、敵は混乱と無秩序のきわみにあった。ロシアのギャングたちのなかでも、こんな場所でくすぶっている連中は、精鋭とはいえないのだろう。

事情を、すばやく涼子はメイドたちから聴き出した。

ヘリで直接、秘密都市まで来れば、爆音によって敵に知られてしまう。そこで、一キロほど離れた高処に着陸し、リュシエンヌとマリアンヌはハンググライダーで、タマラは組立式の軍用マウンテンバイクで、音をたてずにここまでやってきたのだ。

いうのは簡単だが、彼女たちは夜にはいってから、そんな危険な奇襲を敢行したのである。みごとな、というより、とほうもない戦闘力だった。

これほど強力な後続部隊の存在を計算に入れてなかったのは、日下の致命的な失敗だったろう。聴けば、最初から装甲車には発信装置がとりつけてあったという。私はおそれいるばかりだった。

ふと悲鳴が聞こえた。三人組のひとり金丸が、必死で樹の枝に上ろうとしていた。その下にサーベルタイガーがいる。

Ⅳ

結末を予想するだけの時間すらなかった。半分燃えかけていた樹の枝は、金丸の体重をささえきれず、へし折れた。

咆《ほ》えるような声をあげて、金丸は墜《お》ちた。墜ちていった。飢え、傷つき、憤怒と憎悪を全身にみなぎらせたサーベルタイガーの前に。

サーベルタイガーは、弱体な下半身を動かす必要すらなかった。どさりと重く鈍い音をたてた金丸が、打ちつけた背中や腰の痛みにうめき、視線を転じる。彼の視線とサーベルタイガーの視線が、五十センチの距離でぶつかる。

絶叫はおこらなかった。サーベルタイガーの剛強な前肢があがる。振りおろされる。

金丸の頭部は深紅の雲霧《うんむ》と化して消え去った。

サーベルタイガーが飢えたあえぎ声をもらしながら、死者の頸《くび》すじをくわえこむ。動きがとまる。私は上司と視線をかわしてうなずきあった。慎重に狙点をさだめ、たてつづけに二発、発砲する。

「生まれたくて生まれてきたわけじゃないのになあ」

阿部巡査がかるく首を振った。サーベルタイガーは頸《くび》と胸からの血に染まり、獲物の上にかさなって倒れた。

人工的に誕生させられ、奇形であれば実験材料にされるか、殺されるかだろう。いちおう正常に生まれれば、脳に電極を埋めこまれ、人間を餌として、秘密都市の周囲を警備させられる。

サーベルタイガーに罪はない。被害者といってもいいくらいだ。だが助けようがなかったし、人肉の味をおぼえた猛獣を生かしておくわけにはいかなかった。

サーベルタイガーはしばらく四肢をひきつらせていたが、やがて完全に動かなくなった。

戦力を飛躍的に強化させた日本人《ヤポンスキー》たちは、いまや日・仏・露三ヵ国連合軍となって、秘密都市内をのし歩いた。状況の変化というものは、まことにおそろしい。あきらかに私たちを見て逃げていくやつらもいる。

「あいつら、暗視装置とかロケット砲なんか持ってないでしょうね」

「装備はあるでしょうよ。問題は、それを使いこなせるかどうかよ」

すると、室町由紀子が発言した。

「こんな状況になって、まだ日下に忠誠をつくすロシア人たちがいるのかしら」

もっともな疑問だ。つづいて、貝塚さとみが周囲を用心深く見まわした。

「何か超先端の兵器とかはないんでしょうかね、警視」

「たとえば?」

「笑わないでくださいよ、たとえばレーザー銃とか、ここで研究してたってこと、ないでしょうか」

「笑いはしないけどさ、それじゃまるで四半世紀前のSFアニメよ。ロシアン・マフィアの連中も、日下みたいなやつはシベリアのかたすみでおとなしくしててほしかったんじゃない?」

「日下が独自に研究開発してたということは?」

「あたしは、そんなものないと思う」

「根拠を聴かせていただけますか?」

「日下は最先端のものなんかに興味はなかった。この秘密都市を見たら、そう思わない?」

私はあらためて、殺伐《さつばつ》とした都市をながめた。

「たしかにそうですね。その気になれば、シリコンバレーの最新デザインの研究所《ラボ》みたいに改造できたはずなのに」

涼子はうなずいた。夜と炎が、鋭い瞳のなかでまたたいている。

「日下はここをスターリン時代のままにしておきたかったのよ。まあアウシュビッツでもおなじことだけど、恐怖と苦痛によって支配され、人間の尊厳を消耗しつくす荒涼たる牢獄《ろうごく》、そのままにね」

「なぜそんなことを？」

当惑しきった声は由紀子のものだ。彼女には理解できないだろう。知性の問題ではなく、彼女が清く正しい女《ひと》だからだ。

涼子がメイドの美少女たちに何か語りかけると、ふたりはすぐおたがいのデイパックから何かとりだした。小型の懐中電灯に似た筒《つつ》状のものだ。一部をスライドさせると、一ダースほどのカプセルが整然とならんでいる。

「特殊な樹脂でつくったカプセル弾よ。命中したら破裂して、カプサイシンやハバネロを主成分にした粉塵《ふんじん》を飛散させるの」

顔に命中したら、激痛におそわれ、涙や鼻水やヨダレをたれ流してころげまわることになる。死ぬことはないが、一時間ぐらいは目も見えず、嗅覚もうしない、戦闘力を完全にうしなう。どうせＪＡＣＥＳの製品だろう。

「ま、ホントは鏖殺《みなごろし》にしてやりたいところだけどね。あたしは、ホラ、穏健派だから」

「………」

「何とかいいなさいよ」

「はい、今回はホントにそう思います」

「今回も、でしょ」

「そうでした、気をつけます」

このカプセル弾を敵の上半身に命中させれば、殺さなくてすむ。由紀子とふたりの巡査、それに岸本がそれを受けとった。

いきなり連射音がとどろいて土がはねた。まだ抵抗するやつがいる。

リュシエンヌが自動小銃の引金《トリガー》をしぼり、敵の左右のひざを容赦なく撃ちぬいた。銃声の反響が終わるどころか半ばにも達しないうちに、苦痛の絶叫がひびきわたり、男は空《くう》を蹴りながらあおむけに倒れた。

「イキマショ、ミレディ」

振りむく動作が、またしなやかだ。まったく、どれだけの天分が、どれだけの修練をへて、これだけの実力を開花させることになったのか、想像もつかない。リュシエンヌとマリアンヌは、カプセル弾のほうは運んできただけで、自分たちでは使わないのだ。「ミレディ」の命令どおり、確実に脚を撃ちぬく自信と技倆《ぎりょう》がある、ということである。

まったく、敵にまわしたくないマドモアゼルたちだった。フランス本国では公文書にマドモアゼルと記すのをやめ、「マダム」に統一するそうだが。

ふいにマリアンヌが前方へ身を投げ出し、間髪いれず発砲した。連射音が軽快にひびきわたり、炎の槍が虹色にきらめきわたる。三人の男が、ほとんど一瞬のうちに両足首をなぎはらわれ、苦痛の叫びをあげて横転した。ヘリまであと五メートルというところだった。

「ヘリは一機あればいい。あとは全部ぶっこわしてかまわないわ」

この段階ではまだ早い命令のようにも思えたが、「ウイ」と即答したリュシエンヌが、軽快な連射音をたてて、ヘリの後方回転翼を撃ちくだきはじめた。起きあがったマリアンヌもそれに倣《なら》う。

それだけでもうヘリは飛べなくなったはずだが、ふたりの美少女はさらに燃料タンクをねらって、はでな爆発をひきおこした。炎と音の競演が、秘密都市の崩壊を祝賀しているかのようだ。

私はただ感歎して見まもるだけだったが、ふと気づくと、すぐ傍《そば》にタマラがいた。

私を見やったタマラが話しかけてきた。ロシア語でもフランス語でもなかった。

「英語しゃべれる？」

「まあ何とか」

答えてから私はおどろいた。

「あなたはロシア語とフランス語の他に、英語もしゃべれるんですか」

「まあ何とかね」

タマラは豪快に笑った。

「あんたとは一度、話してみたかったんだ。リョーコから話も聴いてたしね」

「そ、そうですか」

自分でもわからない理由で、私はあせった。

「どうせ悪口でしょう」

「おや、どうしてそう思うの？」

「いつも叱られてばかりですからね。身におぼえがあるもので……」

「ふうん」

興味ぶかそうに、タマラは私を見なおした。

「ま、第三者がよけいなことという必要もないね。そうだ、マリアンヌとリュシエンヌ、あのふたりは、あんたが好きなの？」

「うーん、きらわれてはいないと思いますが……」

「ハハハ、しかしあのふたりがメイドとはね。ま、世の中そのほうが平和でいいわ。親のあとを継がれたりしたら、ヨーロッパ本土から地中海にかけて……」

タマラと私は、左右に跳《と》びわかれた。階段の上から、何かがころげおちてきたのだ。確認するまでもなく、迷彩服を着たロシア人のギャングだったが、足首のあたりをかかえ、脂汗《あぶらあせ》をかいてうめいている。

「まったく、いい技倆《うで》だ。ナイフでアキレス腱をスパッと。あのふたりを敵にまわしたくないもんだよ」

「そういえば、あのふたり幾歳《いくつ》なんです？」

「ふたりとも年齢は十八……いや、十九になったかねえ。リョーコに出会ってなかったら、いっぱし以上の危険人物として鳴らしていたろうよ」

私が無言でうなずくと、タマラは愉快そうに尋《たず》ねた。

「あのふたりがリョーコにあうまで何をしてたか、聴きたくないかい？」

「いえ、聴きたいことは聴きたいんですが……聴いてはいけないと思うんです、たぶん」

「なぜそう思うの？」

「その気になったら彼女たちが自分から話してくれるでしょう。私の上司も、これまですすんで説明してくれません。機会がまだ来てないと思うんです」

タマラの口もとがほころんだ。

「リョーコのいってたとおりの男だね。気にいった。これからもリョーコをたのむよ。かつては同僚、いまや、あたしのスポンサーだからね」

タマラは、右手に二丁まとめてカラシニコフを持ち、左手で私の肩をたたいた。痛かった。と、女性の叫び声がした。

V

「助《ヘルプ》けて！《・ミー》　助けて！」

英語だった。外国人が来たことを、何らかの方法でさとって、知っている英語を使ったのだろう。


私はマカロフをにぎったまま走り出そうとしたが、つぎの叫びを聞くことはできなかった。かわって、遠雷に似た銃声が二十秒ほどもつづき、それが絶えると、沈黙の風が吹きつけてきた。

「やりやがったな」

かすれた声で私はうめいた。私の五官《ごかん》がとどく範囲で、だれか抵抗する力を持たない人が殺されたのだ。

「虜囚の口封じを？」

阿部巡査の声に応《こた》えないまま、私は、叫び声の源とおぼしき建物めがけて走った。

「マリちゃんだけ来てくれ！　あとの人はここで待っててください」

惨劇の部屋は、すぐに見つかった。何しろドアが開放されたままだったからだ。先にのぞきこんだのは阿部巡査だった。

「死体の山です」

阿部巡査の声はかすれきっていた。私は無言でうなずき、深呼吸を二度してから室内をのぞきこんだ。

阿部巡査のいったことに、誇張はなかった。ただ、正確にいうと、「死体の山」ではなく、「死体の一部の山」だった。血と火薬と死体の匂いが混合されて瘴気《しょうき》をつくり、それがあまりに濃いので、流動体と化したようだった。

くわしく描写する気はしない。もっとも低俗な残虐ホラー映画のシーンを想いおこしてもらえればいい。最初に目についたのが、爪を全部はがされた女性の手首だった、というだけで充分だろう。この部屋で、五十人以上の人が虐殺されたようだった。

私と阿部巡査は、となりの部屋ものぞいてみた。鍵《かぎ》はかかっていなかった。鍵の必要がないということだろう。

「何だよ、これは」

あきれかえって、私は室内を見まわした。

十メートル四方ほどもある、広大な部屋だ。天井にはシャンデリアがかがやき、壁紙は私でも名を知っているフランスのブランド物である。イギリス映画で見た、エドワード七世様式のベッドは天蓋《てんがい》つきで、幅も長さも三メートルはある。円卓に四つの安楽椅子。サイドボードにはウォッカやスコッチ・ウイスキーの瓶がならんでいるし、キャビアの缶詰まであった。チェストのまわりには女性の下着が散乱している。ベッドの上には乗馬用の鞭《むち》が放り出され、あきらかに人血と思われる黒いものがこびりついていた。壁と天井から鉄の鎖が吊るされている。

秘密都市ЖПШ《ジェエリシャ》2247は、アウシュビッツと、ラスベガスあたりのリゾートホテルとのグロテスクな合成獣《キメラ》だったのだ。

自分にまだあきれるだけの感性があることを、フシギに思いながら、私はその部屋を出た。吐き気が口の奥から胃までの間を、こわれたエレベーターのように上下している。

誰かが私の名を呼んだ。切迫した口調で。

「泉田警部補、あぶない！」

室町由紀子の声だ。私の左頬を火がかすめた。トゲのついた鉄のナックルをはめた人間の手だ。

「葉梨！」

ぶよぶよした身体に似ず、動きのいい悪党は、すかさず第二撃をはなった。

葉梨のナックルが、うなりを生《しょう》じ、私の顔めがけて飛んでくる。

私はバックステップしてその一撃をかわすと、左手で葉梨の右肘をつかみ、同時に右足で股間を蹴りつけた。効果のほどは、私自身の身体で実証ずみだ。

葉梨は、きわめて非音楽的な声をあげ、身体をふたつに折った。私の右の拳が葉梨の腹をとらえた。深く、あきれるほど深く、拳は皮下脂肪の奥に埋まった。

葉梨の口から胃液が飛び出した。それもかわして、今度は口もとをなぐりつける。葉梨は両ひざをついた。

葉梨は口のなかにたまった血を床に吐きすてた。

「まいった、話す、知ってることはぜんぶ話す」

兇悪な殺人鬼も、こうして見ると、ぶよぶよした身体つきの中年男にすぎなかった。乱れた頭髪も、半分は白くなっている。私の兇暴な怒りはようやく蒸発し、私は一歩さがって呼吸をととのえた。

横で涼子の声がした。

「それが賢明ね。すべて話したら、最高裁判所で死刑判決が出るまで生きていられるわよ。とりあえず尋《き》いとくけど、あんたひとりで何人ぐらい殺したの？」

「五十……いや、七十人、もっとかな」

卑屈そうな目で涼子を見あげる。

「何もかも、日下の命令でやった、そういうわけ」

「そ、そうだ。命令に背《そむ》いたら、おれが殺される。しかたなかったんだ」

「マリアンヌ！」

涼子の声で、マリアンヌがスプレーらしきものを女主人《ミレディ》に手渡す。葉梨の表情がこわばった。

「な、何をする⁉ 何だ、それは」

「人間ってさ、痛みはがまんできても、痒《かゆ》みはがまんできないのよね。ふしぎなことに」

邪悪な笑みを浮かべて、涼子はスプレーを葉梨に近づけ、霧を吹きかけた。葉梨は最初、目をかばい、つぎにきょとんとした表情になり、さらに身体のあちこちをかきはじめた。

「えーと、それもＪＡＣＥＳの製品ですか」

「研究開発中のね」

「いったいどういう……」

「見てればわかるわ」

すぐにわかった。葉梨の顔や手足がいたるところ赤くふくれ、彼は悲鳴をあげて全身をかきむしりはじめた。

「か、かゆい、かゆい、助けてくれ！」

そのスプレーは、蚊が人間の血を吸うとき人体にそそぎこむ成分を濃縮したものだった。

同情は全然しなかったが、私は上司にいってみた。

「これも文明の利器ってことですか」

「人類の文明そのものが変なのよ。もし、貯水池に青酸カリを投げこむやつがいたら、どうなるかしらね」

「無差別大量殺人で刑罰を受けます」

「当然よね。でも、空気中にいくら放射能をばらまいても、それで罪になったやつは、ひとりもいないわよ。そうじゃない？」

「たしかに……」

いまや葉梨は恥も外聞もなく、コンクリートの床の上をころげまわっている。人を殺さないからといって、人道的な武器とはかならずしもいえないようだ。正直、いい気味だが。

「泉田クン、十万年後にまだ人類が地球上に生存してると思う？」

女王サマのご下問に、臣下は頭《かぶり》を振った。

「いや、残念ですが、そうは思えませんね」

肉食恐竜でさえしなかったことを、人類はもういくつしでかしたことか。種としての人類が、今後、十万年もつづくとは思えない。さらに現在の機械技術文明という点にしぼれば、千年も保《も》ちはしないだろう、と思う。まして、まともにコントロールもできない核エネルギーの濫用《らんよう》をつづけるかぎり、百年だってあぶない。

「もっと速く、もっと速く。もっと強く、もっと強く。もっと便利に、もっと便利に」

もうそろそろいいじゃないか、と思うのだが、

「科学の進歩を否定したら、人間はサルになる」とかいって、原子力発電をさらに押しすすめようとする文化人もいる。

「一方で、やたらと明治や昭和の時代をなつかしがる人たちもいるし、ひとりで両方をかねる人もいるから笑えるよね。原発とPC《パソコン》と携帯端末《ケータイ》をやめたら、たちまち明治や昭和にもどれるでしょうにさ！」

「そうですね。それにしても、千年や百年で人類が亡びてしまったら、あとは何物の天下でしょう？」

「そりゃ決まってるわよ」

「ゴキブリかネズミですか？」

「とんでもない、あいつらは永遠のワキ役よ。主役は地底人よ、地底人」

「はあ!?」

「地底人は地底のことをよく知ってるからね。活断層の真上に原発を建てるなんてバカなマネしないの。それだけでも地底人の勝ち！　そう思うでしょ？」

「思うことにします」

緊迫した状況と縁のない会話をかわしながら、私たちは角をひとつまがった。

そこにいた。あらゆるものを冷侮《れいぶ》する薄笑いを浮かべた日下公仁が。

第七章　恐怖城の攻防

I

豪胆《ごうたん》なのか鈍感なのか、日下は手に武器も持たず、私たちに対峙《たいじ》した。

「気にくわん偽善者どもだ」

「どこが偽善者だってのよ」

「我々をひとりも殺さずに、この都市を制圧しようとしているだろう。人殺しをせずに、そんなことが可能だと思ってる。偽善者でなくて何だというんだ」

形のいい鼻の先に、涼子が嘲笑《ちょうしょう》をぶらさげた。

「あら、そのていどのこともわからないの」

「そのていど？」

「だいたい正当防衛なんだから、あんたたちをぶっ殺すのに、良心の呵責《かしゃく》なんて感じちゃいないわよ。でもねえ、こんなに実力の差がありすぎるとさ、弱い者いじめになっちゃうじゃないの。あたし、あんたとちがって、弱い者いじめはキライなの」

涼子にしたがう面々を、日下は毒気のこもった眼で見まわしたが、誰も口を開こうとしない。きわめて微妙な問題なので、応答は他人にまかせたいところだ。

さいわい、涼子自身が言葉をついだ。

「ところで、あんたはなぜシベリアなんかにいすわってるわけ？　流血が好きなら中東にでもいきゃいいのに」

「中東は、イランにしてもイスラエルにしても、私が手を出す必要はない。かってに炎上し、火の海になる。私は見物にまわるしかない。つまらん話じゃないか」

「フーン、つまりあんたは自分の手で放火したいわけだ。いまのところシベリアには火種らしいものもなくて、世界で忘れられてる。そこへ油をまいて火をつけて、主役はおれだ、と自慢したいわけね」

「そんなところだ、お嬢さん、君はなかなか理解力があるじゃないか」

そりゃ似た者どうしだからな、と、私をふくめて幾人かが思ったことだろう。

「あんたていどの幼稚な小物が考えること、べつに理解力なんかなくてもお見とおしよ」

「たいした大言壮語だ。君といっしょに生活したら、退屈せずにすむだろうな。地球を共同の玩具箱《おもちゃばこ》にして、遊んでくらさんかね？」

「あら、せっかくだけど、あたしは独占欲が強くてね。地球はあたしひとりの玩具箱にしておきたいの」

「そいつは残念」

「ところで、念のため、ひとつ質問があるんだけど」

「おや、お見通しかと思ったが」

「あんたにとっては、シベリアも玩具箱なんでしょ。それはそれでいいんだけど、あんまりよからぬ使いかたをされると、オシオキするのもめんどうだからね」

「とんでもない、全世界が感謝する」

「何か善行でもほどこそうっていうの？」

「核廃棄物の最終処分場をつくるのさ。広さは日本全体ほどもある。そこに全世界から核のゴミを集めてさしあげるのさ」

ぬけぬけ？　しゃあしゃあ？　このときの日下の態度をあらわす形容句が、にわかには見つからない。

私はあきれかえって声をあげてしまった。

「自分で傀儡《かいらい》国家をつくって、そこを世界の核のゴミ捨て場にしようってのか!?」

「ユニークだろ」

「ユニークならいいってもんじゃないでしょ」

冷然と涼子が言い放ち、私は強くうなずいて同意をしめした。政策だろうと上司だろうと、ユニークならいいというものではない。

「世界中どこの国も、核廃棄物の処分にこまりはてている。こうなることがわかりきっているのに、原発をつくりつづけ、ゴミを出しつづけ、十万年後まで安全に保管しろという。私がいうのも何だが、人間ってのはバカかね？」

またしても、直接、返答する者はいない。

「どうせ各国から保管料をとりたてる気でしょ」

「資本主義の世界だ。ビジネスでやる以上、当然のことだね。もちろん、処分場自体、各国のカネと技術で建設してもらう」

内心、私は舌を巻いた。自国の核廃棄物をすてさせてくれる国があれば、原発を推進する国々にとっては、保管料ぐらい安いものだろう。

何といってもロシアは東西に長すぎる。国内に時差が九時間もあって、

「西は夕焼け、東は夜明け」

というフレーズがあるくらいだ。

「モスクワやサンクトペテルブルクで、自由や公正を求めて騒いでいる連中は、シベリアなんかに関心はない。親欧米の民主主義政権ができたら、国土の東半分が分離したって、残念にも思わんだろう。公安当局は、チェチェンだのイングーシだので手いっぱいだし、裏じゃロシアン・マフィアと友好関係にある」

日下の台詞《せりふ》は、自分の構想ないし妄想にとって、つごうのいいことばかりである。しかし、一面の真理にはちがいなさそうで、その認識がはなはだしく私を不快な気分にさせた。

「ま、どんなタワゴトをほざこうと、民主主義国の法廷には、弁論の自由があるわ。それをあげるから、さっさとおナワにおつき」

言い放って、涼子が一歩、足を踏み出したとき、

日本人《ヤポンスキー》たちの間でざわめきがおこった。阿部巡査に襟首《えりくび》をつかまれていた島倉老人が、亀のように首をのばした。

「日下、何をしとる、早くわしを助けんか！」

島倉老人は、いたけだかに咆《ほ》えたてた。

この老人は、まだ気づいていない。自分の地位や権勢が、日下のような人物に対して圧倒的に通じると思いこんでいる。

自分で言明したように、反対する者を「国策捜査」によって刑務所に放りこみ、社会的に抹殺する力。それを恥じるどころか、自慢する神経。両方がそろえば、想像力など存在する余地はない。自分のほうこそ日下によって利用され、踊らされ、すてられる、などとは夢にも思わないだろう。

「そうぞうしいジイさんだ。これ以上、つきあってられないね」

「ま、待てこら、どこへいく!?」

島倉がわめく。何かを直感したように、涼子が前方へ跳《と》び出そうとした瞬間、高い鼻の三センチ先でシャッターが落下した。金属とコンクリートが耳ざわりな音で合唱する。

「いけないよ、この先へはもういけないよ」

チッと舌打ちした涼子は、無益なことをせずに踵《きびす》を返した。日本人たち全員がそれに倣ったのだが、私はいつのまにか室町由紀子と肩をならべていた。彼女はカプセル弾を持ったまま、私に語りかけた。

「歴史って、くりかえすのねえ」

「はい？」

「ポシェト湾一帯を中国に売りわたすなんていってたけど、あのあたりには、千年以上前には、渤海国《ぼっかいこく》の重要な港があったのよ」

「そ、そうなんですか」

渤海国は現在の中国東北地方からロシアの沿海州にかけて存在した広大な国で、西暦六九八年に建国、九二六年に滅亡。唐《とう》の文化を導入しておおいにさかえたが、日本とはたいそう仲がよく、一度も抗争したことがない。三十五回も日本に使者を派遣している。日本からも十三回、日本海の荒波をこえて使者を送った。

渤海国からの使者は、日本の朝廷にプレゼントを持ってきた。朝鮮ニンジン、蜂蜜、それに毛皮などである。とくに黒貂《くろてん》の毛皮は、宝石のように高価なものだった。平安時代の貴族は、渤海からの使者がやってくると、お客に対するエチケットとして、真夏でも毛皮を着て出迎え、熱中症でひっくりかえる者が何人もいた、というから、ご苦労さまな話である。それだけ渤海との外交儀礼がたいせつだった、ということだ。

……というのが室町由紀子の説明、というか、講義であった。メガネの奥で、黒曜石《こくようせき》のような瞳がきらめいていて、何やら私は、いまいる場所が大学の旧《ふる》い校舎であるような錯覚にとらわれた。

「あの、もしかして歴史学者がホントのご志望だったのですか」

「あー、わたしは警察官が天職だと思ってるけど、歴史学者になっていても不満は感じてないでしょうね」

由紀子は苦笑めいた表情で、私の推測を肯定した。

「日本が温暖化や巨大地震で住めなくなったら、日本人全員、シベリアに移住させるなんて話もしてたみたいね」

「シベリア移住ねえ。うーん、積極的にのぞむ人がいるとは思えないですねえ」

エベンキ族やらヤクート族やらの先住民の人々には失礼だが、シベリアといえばどうしても、流刑《るけい》とか抑留《よくりゅう》とかいったイメージがある。「環日本海経済圏」なんていっても、日本人はあくまで日本にいて、資金や技術を提供する、というにとどまるだろう。まあシベリアはユーラシアプレートの上にどっしり乗っかっており、地震の心配はないらしいが……。

「そのかわり、温泉もないんでしょ？」

「カムチャツカ半島だったら、温泉なんていくらでもあるみたいよ」

由紀子の声が急にとがった――と思ったのはまちがいで、気がつくと、薬師寺涼子が顔じゅうに「不機嫌」の三文字を印刷して、私と由紀子をにらみつけている。

いつのまにか私たちは階段を降りきっていた。外が明るい、というより赤く染まっているのは、あちこちの建物が燃えつづけているからだろう。

「わたしたち、日本へ帰れるんでしょうねえ？」

貝塚さとみが、心ぼそそうな声を出した。いくつかの視線が涼子にあつまる。

「なに不覚悟なことといってるの。いざとなったら、ボートに乗って日本海へ漕《こ》ぎ出しゃいいのよ。北朝鮮《ノース・コリア》から脱出してきたシロウトの一家がいるんだから、あたしたちにできないはずはない！」

「いや、それは、脱北してきた人たちは勇敢だと思いますが、私たちにそれが可能かは別問題ですよ」

いちおう私は、異議をとなえてみた。そもそも、日本海へ出るまでがたいへんである。まじめに、これからの話をしようとしたとき、岸本がよけいなことをいいだした。

「あのー、そのボートには、ボクも乗せてくださいますよね。置いてきぼりにされたら、ボク、海岸の岩にすがって泣き叫びますよ」

『平家《へいけ》物語』の俊寛《しゅんかん》か、おまえは。

岸本のナンセンスな泣き落としなど一蹴《いっしゅう》するかと思いきや、涼子はやさしげな声を出した。

「もちろんよ、岸本、あんたを乗せていかずにどうするの」

「そ、そうですか。うれしいなあ」

よろこぶ岸本に、涼子が冷水をあびせる。

「そうですとも。あんたはだいじな非常食だからね。日本に漂着するまでに、頭か足の一本ぐらいはのこしてあげるわ」

ひー、とうめいて、岸本は卒倒しかかる。しかたなく私は片手で彼の襟をつかんでささえた。

「そのあたりでやめておいてください。とてもキャリア警察官僚どうしの会話とは思えませんよ」

「あら、キャリアどうしの会話なんて、こんなものよ。だから冤罪《えんざい》事件や迷宮入りが絶えないの。そうよね、お由紀？」

「そんなことは根絶しなくてはならないわ」

地の涯《はて》までもマジメな由紀子であった。

II

二十一世紀の日本人は、必要もなければ処理もできない情報の魔海《サルガッソー》でおぼれかけている。政府や電力会社のウソという毒藻《どくそう》が、足にからみつく。およいでもおよいでも、体力を消耗するばかりで、陸地にはたどりつけない。

いつか力つきておぼれ死ぬ。


私は母方の祖母を想い出した。私が小学校にはいったときも、大学に合格したときも、警察官になったときも、つまりいつでも一番よろこんでくれた。八十二歳でまだ健在だが、たまに帰省してあうたびに、身体が小さくなっているように見える。

「まだ新聞も読めるし、ＴＶもラジオもあるし、電話でジュンイチロと話もできる。これ以上、何がいるもんかねえ」

そういう祖母だが、さて、今回のロクでもない事件の関係者たちがいうように、日本人全員シベリア移住なんてことになったら、どういう反応をしめすだろう。

「バアちゃん、日本は大地震やら温暖化やら放射能やらで、もう住めなくなっちゃったんだよ。だから、みんなでシベリアに移住しなきゃならないんだ」

「ええッ、シベリア送りはイヤだよ。まして、この年齢《とし》になって。もういいかげん生きたから、あたしゃ日本で死ぬよ。あたしをおいて、あんたたちだけでいっておいで」

「バアちゃんをのこしてはいけないよ。ほら、おぶさって」

私は祖母をせおって、いつのまにやら、シベリアのはてしない原野を歩いていく。

「バアちゃん、ここがシベリアだよ」

「さびしいところだねえ。こんなとこでも、春になったら花ぐらい咲くのかね」

「そりゃ咲くさ、花くらい。だいたい温暖化してるんだから、昔よりずっとマシなはずだよ」

「だといいんだけどねえ……」

……あわてて私は頭を振り、不景気な妄想を頭から追いはらった。私が考えるべきは、シベリア移住ではなく、シベリア脱出である。

日本人は全員で九名。そのうち捕虜の島倉老人は論外だし、外交官のふたりだって、いつ寝返るやら知れたものではない。結局のところ、涼子と由紀子、阿部と貝塚の両巡査、それに私と岸本の六人――いや、五人半が戦力ということになる。

やっかいなのは、敵の総人数が不明なことだった。涼子ひとりですでにサッカーチームひとつ分の敵を戦闘不能にし、メイドふたりとタマラの外国人部隊で、野球チームみっつぐらいはかたづけただろう。だが、無傷の戦力はまだまだいるはずだ。

「赤穂浪士《あこうろうし》ぐらいの人数が、まだのこっているかもしれませんね」

「『水滸伝《すいこでん》』かもよ」

だとしたら百人以上ということになるが、ありえないとはいいきれない。この秘密都市の機能を維持するのにも、日下が王侯貴族のような生活を送るにも、一定以上の人数が必要なはずである。加えて、拉致監禁されている人たちがまだおり、この人たちを人質にでもとられたら、事態はさらにやっかいになる。

抗議の声をあげるドアを開いてみると、火の粉と煙が侵入してきた。日下は私たちを殺す気か、部下をつれて逃亡する気か、ひとりで逃げ出す気か。一同からはなれて考えていると、靴を鳴らして、涼子が歩みよってきた。

「泉田クン」

「何ですか」

「おなかすいた」

「え、あ、ちょっと待ってください」

あわてて私はジャケットのポケットをさぐった。秘密都市につれこまれたとき、金属探知機を使ってマカロフは奪《と》りあげられていたが、さいわいポケットのひとつに、ビタミン強化のチョコバーがはいったままだった。

「すみません、これでがまんしてください」

私が差し出したチョコバーを受けとって、涼子はじろりと私を見た。

「君の分は？」

「私はけっこうです」

「……まったく」

舌打ちした涼子は、チョコバーをふたつに折ると、一方を私に投げてよこした。

「腹をへらした男がそばにいると、うっとうしいのよ」

「はあ」

「それに、敵を待ち伏せしてるときに、おなかが鳴ったりしたら、どうするのさ。ふたりともまとめてやられちゃうでしょ！」

「たしかに……」

「だから半分こ」

「ありがたくいただきます」

感謝したが、このチョコバーの所有権は、もともと私にあったのではないか。それに私たちだけで分けてしまったら他の人たちは……？

そう思いながらみんなを見ると、阿部巡査がジャケットのあちこちから栄養補助食品の類をとり出し、それを貝塚さとみが一同に分配している。

　このふたりは、私と目があうと、何だかアイマイな笑いかたをしてから、さりげなく視線をはずした。涼子と私は仲間はずれらしい。何でだろう、と思っていると、涼子が私の傍《そば》で片手をあげた。かじりかけのチョコバーを振りかざして、涼子が呼びかける。

「みんな、生きてここを出たら、洪家菜館《ホンチャツァイカン》の水ギョウザを、もうギョウザを見るのもいやだ、というくらい食べさせてあげるからね！」

「はっ、愉しみです」

「君はスナオでいいわね、マリちゃん。誰かさんとちがって、言葉にトゲがないわ。警察がイヤになったら、いつでもJACESにおいで。荒事《あらごと》はもうイヤだ、というなら、介護とか救命とか、仕事はいくらでもあるから」

「は……」

「呂芳春もよ。その気なら、香港《ホンコン》の現地法人が君を待ってるからね」

「ありがとうございます！　勇気と希望がわいてきました」

「その意気、その意気。さて、それじゃ、マリアンヌ、リュシエンヌ、タマラたちと合流しようか」

　涼子がドアを本格的にあけ、身を低くして走り出す。私がつづく。貝塚さとみ、由紀子、岸本、浅川、大鶴、島倉老人、阿部巡査という順に、炎と闇があわただしくうごめくなかを走った。

　と、建物の蔭から数人の黒影が躍り出た。空気が鳴動し、ふたりが顔をおおって転倒する。涼子と私のカプセル弾が命中したのだ。

　たてつづけに銃声がおこり、今度はひとりの影がゆっくりとあらわれた。両手をかるくあげているが、右手には拳銃を持ったままだ。

「あっ、撃たないで、ワタシ、あなたタチの味方になるよ」

　アレクサンドル・(略)・ペトロフスキーだった。彼の足もとには、腰や脚を撃ちぬかれた迷彩服の男が三人、苦悶のうめきをあげながら、床を赤く染めてころがっている。

「あんたが撃ったのか」

「そうですヨ。ワタシ、あなたタチの恩人といっても過言《かごん》ないですネ」

「過言そのものよ。一度うらぎって、二度、通用すると思うの？」

「ゴメンナサイ、でも、他人のアヤマチを寛《ひろ》い心で赦《ゆる》ス、これダイジなことヨ」

「ずいぶんつごうがいいな」

「時勢にさからうと、庶民は生きにくいネ。でも、できるなら清く正しく生きていきたいと、みんな思てるヨ」

たしかに私もそう思うが、アレクサンドル・(略)・ペトロフスキーの場合、うっかり信じると危険すぎる。二度やられるのは、いくら何でもマヌケな話だ。

「だいじなのは、できるだけシアワセに生きること。このままクサカ氏の味方してて、シアワセに生きるの、ちょっと困難ネ。だから、方針かえましタ」

「裏切るのね？」

「否《ニエット》、改心ヨ。良心がめざめたですヨ。とてもいいコトね」

大まじめな表情である。私が苦《にが》りきっていると、涼子が決断を下した。

「それじゃ銃を、あたしのとりかえなさい」

III

ペトさんの口もとが笑う形になった。

「いいですヨ、そうしましょう。でも、あまり意味ある思えないけどネ」

「大ありよ」

短く言い放って、涼子は左手を突き出す。不器用に肩をすくめて、ペトさんはワルサーの銃身をつかみ、銃把《じゅうは》のほうを涼子へ差し出した。乱暴にワルサーをひったくると、涼子はマカロフをペトさんの手に押しつける。ペトさんは重さを量《はか》るように手をかるく上下させた。

涼子はというと、ペトさんから召しあげたワルサーをすばやく点検し、弾倉もチェックしている。ペトさんは興味深げに、何だかすこし哀愁の表情をたたえて、彼女の姿を見守った。私は緊張を自覚しながら、いつでもペトさんに銃口を向けられるよう注意をおこたらなかった。

点検をすませると、涼子は、ワルサーの銃口をペトさんに向けた。

「まだワタシ信用できませんか？　いっそ、それでワタシ撃ちますカ？」

「ご冗談。オリンピックの金《ゴールド》メダリストと撃ちあう気なんてないわよ」

涼子はそういいながら、ワルサーの銃口をペトさんに向けたままだ。

「オリンピックの金メダリスト!?」

由紀子と私、阿部真理夫と貝塚さとみ、四人がいっせいに声をあげる。ペトさんは、さらりと説明した。

「前々回の冬季オリンピックで、バイアスロンに出場しました。運にめぐまれてネ、中国の選手に僅差《きんさ》で勝てたでス」

「そんなことは知らなかったぞ！」

私の声は、思わず高くなった。自分のマカロフをにぎりなおしたのは、いささか過剰反応だ。

「日本の人、外国人が金メダルとっても関心もちませんからネ。まして、マイナーな種目、バイアスロンみたいな、えーと、そう、写真どころか、記事もろくにのりゃしないです。でも、よくご存じでしたネ」

「あたしは、人生に必要ないことは、いろいろ知ってるのよ」

いばりかたも、いろいろあるものである。ペトさんは、感心すべきか否《いな》か、かるく迷うような表情をした。

「でも、ワタシの場合、静止した的《まと》にあてるだけですネ。あなた、動く的にあてる、みごとです。尊敬するです」

「正直者は好きよ。でも、用心をおこたるわけにはいかないからね。道案内をかねて、先頭をいってもらうわよ」

「オー、孫子《そんし》の兵法ですネ」

ちがうと思う。

とにかく、ペトさんは、押しつけられたマカロフを手にすると、涼子にさからわずにうなずいた。一見、無造作《むぞうさ》だが、踵《かかと》をかるく浮かせた柔軟な体勢。どんな事態にも即応できそうで、彼自身がネコ科の猛獣のようにも思えた。

私は上司に質《ただ》してみた。

「ロシアン・マフィアの反応はどうでしょうね」

「今回の件で、ロシアン・マフィアが大きな被害を出したわけでもないでしょう。あつかいにくい日下が消えたら、かえってせいせいするでしょうよ」

「同感だねえ」

合流をはたしたばかりのタマラが悠然とうなずく。その視線がふたりのメイドにも向けられた。

マリアンヌとリュシエンヌの姿が、つい場ちがいな微笑をさそった。彼女たちは涼子をはさんで左右に立ったところだが、半歩ほど退《ひ》いて、ミレディの身体に隠れたそうにしている。どうやらこの美少女戦士ふたりは、タマラ・（略）・パラショフスカヤが苦手なようである。おっかない生活指導の先生、というところかもしれない。

「警視、あの島倉老人や外交官たちはどうしますか」

いちおう上司に尋ねてみた。

「放っておきなさいよ。生きるも死ぬも、あいつらの自己責任よ。いいんじゃない？　祖国のために生命をすてれば」

室町由紀子はためらっていたが、それも長くはなかった。島倉たち三人の前に立つと、彼女は決然として言い放った。

「島倉先生、危険ですから、外務省のおふたりとごいっしょに隠れていてください。あとでかならず助けにまいりますから」

三人が口をきわめてののしりはじめたが、由紀子は表情をころして私たちのほうへもどってきた。

「それじゃ、お涼、日下の身を確保しましょう」

「あんたにいわれるまでもないわよ。ところで、ペトさん、あんたは日下と子分どもを、どうするつもりなの」

「ワタシ、単なるシタッパで……」

「シタッパでもいいから、聴かせなさいよ」

「何もしませんヨ」

「おとがめなしってこと？」

「ま、カイシャクはご自由に。きっとうちのボスたちは、クサカをわざわざトイレに流す手間もかけたくないでショ。ここにホッタラカシにしておきますよ。ヘリもクルマもなしでね」

「つまり、樹海の奥に、おき去りってわけ？」

「大自然のなかで、自由に暮らせばいいんですヨ。ああ、携帯電話のひとつぐらいはのこしていくデスから、連絡がとれたら救助《たすけ》を求めればいい——警察にネ」

ペトさんは笑った。北極海の深淵から泡が上ってくるような、冷たい青灰色《ブルー・グレイ》の笑いである。私は、この一見とぼけた半分ブリヤート族の男に、あらためて底知れないものをおぼえた。

「そうなさいますか、警視」

「あたしはロシアのギャングどもに借りも義理もないからね。日下のやつを見つけたら、やつが被害者たちに対してしたことを、順々にやってやる——といいたいけど、残念、時間がないわね」

「そうですヨ、いったんロシア政府に気づかれたら、極東ロシア軍が飛んできます」

ペトさんが足を踏み出すと、その背中を、涼子がするどい声で切りつけた。

「ヴォール・フ・ザコーネ・ペトロフスキー！」

ペトさんの肩が小さくゆれて、彼は立ちどまった。その後姿《うしろすがた》を見て、私はまたマカロフをにぎりなおした。まるで隙がない。

「オリョーサン、それはワタシの名前ちがいます」

顔だけ肩ごしに振りむいて、おだやかに応じると、ペトさんはまた前をむき、何気なさそうな足どりで歩行を再開した。声をひそめて、貝塚さとみが問いかける。

「警視、いまの何ですかあ？　ヴォール何とかいうの」

涼子が、すこし不機嫌そうに答える。

「ヴォール・フ・ザコーネ。略してヴォール。ロシアで犯罪組織のボスをそう呼ぶの」

「ボスですかあ!?」

「全ロシアのボスってわけじゃなくて、何十人もいるらしいけどね」

「あんがい大物だろうとは思ってましたが……」

私がうなると、涼子は小さくうなずいた。

「ソ連崩壊後のロシアン・マフィアよりは、ずっと古い連中よ。一九三〇年代、スターリンの暗黒時代にヴォールたちの同盟ができたといわれてる。掟《おきて》はきびしくて、とてもチンピラにはつとまらなかったみたい」

絶対に仲間を裏切らず、たがいに助けあうべし。政治権力にかかわらない。戦争に参加してはならない。理性をうしなうまで酒を飲んではいけない。支払いできなくなるほど、高額の賭《か》けごとはするな。ヴォールは資金を公正に分配し、自分は贅沢《ぜいたく》をしてはならない。それらの掟を破った者には、きびしい罰が科《か》せられる……。

「はあ、何だか、変に倫理的ですね」

ペトさんの背中が、私の暗い視界のなかでゆれている。

「何しろスターリンの時代につくられたんだから、最初から、共産主義の権力に対して敵対的で、自分たちの掟に誇りを持ってたのよ。戦争に参加するってことは、あの当時、スターリンのために死ぬってことだからね……ところでペトさん！」

「はあい？」

「ここってさ、トンネルなんかはないの」

「あるですよ。囚人や脱走者が掘ったトンネルもあれば、兵士たちが掘ったやつもあります」

「何のために？」

「弾薬や食糧の倉庫、猛吹雪を避けるための地下通路、それに墓穴……」

ペトさんは口をとざし、建物の蔭《かげ》や路地をつたって、たくみに私たちを先導した。

「脱出したって、どこへいくつもりだったのかしらね。スターリンは、集団脱走した囚人たちを、地上攻撃機で鏖殺《みなごろし》にしたようなやつでしょ？」

「マガダン事件ですネ。そう、何千人もの自国民の頭上に爆弾の雨を降らせて、凍土を深紅に染めた男です。でも、脱走に成功したやつもいれば、それをかくまった者もいるですヨ」

「個人で？　組織で？」

「それは、えーと、ケースバイケースですね、英語でいうと」

私たちは前進をつづけた。罠《トラップ》や地雷でもしかけられているのではないか、と思うと、威風堂々の前進、というわけにはいかない。何だかシベリアの夜風にただよっているようなペトさんのあとを、おっかなびっくりついていく、という感じになる。もっとも、わが上司は例外だった。

「ここのやつらは、弱い者いじめするだけで、本気で抵抗する者なんか何年も見てないから、用心も規律もあったもんじゃないわ。こわがることないわよ」

言い放つ、その語尾に、「シャアア……！」と威嚇の声がかさなった。

肉食獣は夜行性だ。深い大きな闇と、わずかな光のなかで、両眼が正視できないほどのかがやきを放ち、ひときわ黒い影が宙におどった。

Ⅳ

肉食獣は人列の最後尾をおそうものだ。阿部巡査が巨体を地にころがしてマカロフを手にしたが、涼子のほうが速かった。

サーベルタイガーの顔面に、カプセル弾が炸裂《さくれつ》する。

赤い煙が立ちこめ、激しい咳《せき》と悲鳴がひびく。サーベルタイガーは、視覚と嗅覚《きゅうかく》を同時にうしなった。たくましい肩のあたりから地に墜《お》ち、苦悶にころげまわる。

「わあ、痛そう」

と、貝塚さとみが同情する。

「走るのよ！」

先頭に立って、涼子が疾走する。私たちもつづく。にわかに銃声がひびき、赤く青く弾道が交差する。銃弾が地表をえぐる音。涼子が撃ち返す。私も阿部巡査もそれに倣《なら》った。

しばらくは激しい戦闘シーンがつづくかに見えたが、一弾が涼子の左肩にはじけると、銃声がとだえた。討ちとった、とでも思ったか。私は息をのんで涼子を見やった。上司は平然と見返す。私は息を吐き出した。

「防弾繊維《ケブラー》ですか？」

「そんなところ」

涼子の戦闘服は、見ようによっては、ウェットスーツに似ている。機能的、伸縮性抜群、ただ必要以上にボディーラインにフィットしている。ふたりのメイドも、ほぼ同様。

目の毒もきわまるが、見とれていると生命にかかわる。

前方に、十個ばかりの人影が躍り出た。ロシア語

で何かどなる。もちろん意味不明だ。銃口がこちらを向く。瞬間、夜気そのものが音をたて、人影は悲鳴を放って横転した。

紐《ひも》つきの金属性の卵で、側頭部を一撃された者。炭素繊維のはいったスカーフで、アキレス腱を切断された者。伸縮する特殊警棒で顔面を突かれ、鼻血を噴きあげてのけぞる者。銃を持った手首をひと蹴りでくだかれた者。

銃声はいくつか連鎖したが、実害はなく、二十秒そこそこで全員が地にはいつくばった。貝塚さとみがすばやく駆けまわって、敗者たちから武器をとりあげ、阿部巡査がまとめて建物の床下の通気口に放りこむ。

私はかるく肩で息をした。

「いまのところ、うまくいってるようですが、まだわからないことだらけですね」

「いま何もかもわかってしまったら、愉《たの》しみがなくなると思わない？」

「どんな愉しみです？」

「たとえば、そもそも、日下公仁とその一味がシベリアにいる、なんて情報を刑事部《ウチ》の部長に伝えたのはだれか」

「たしかに」

「また、その目的は？」

私の内宇宙では、自分なりの考えが星雲状に形をなしつつあったが、口には出さなかった。

「ムリにいま知らなくても、何年か何十年かたって、何かのキッカケで、あ、あのときのアレはああいうことだったのか、とか思うのが人生ってものよ」

「指示代名詞が多いですね」

「君、国語の先生だっけ？」

「英語の教諭免状は持ってます」

「ミレディ！」

マリアンヌが強くささやく。カラシニコフ自動小銃を片手に持った敵があらわれた。もう一方の手で誰かの襟首をつかんでいる。女性の悲鳴が聞こえた。

しまった、人質をとられた。

そう思った瞬間、リュシエンヌの手から何かが飛んだ。細い弾力のある紐の先についた黒い卵形の物体が、男の額を直撃する。

男は声もたてることができなかった。両足を大きくはねあげ、宙を蹴って転倒する。

タマラが歩みよって女性を抱きかかえ、

「もう心配ないわよ。仲間といっしょに隠れていて、安全になったら出てきなさい。帰してあげるから」

と、ロシア語でいった、と思う。

女性はまだこわばった表情で弱々しくうなずいたが、急に苦痛の声をあげた。エベンキ族かヤクート族か私にはわからないが、アジア系の顔をした黒髪の若い女性だ。やぼったい防寒着に血がにじんでおり、顔には大きなアザがあって、頭から頸《くび》へも血の紐がたれている。いうまでもなく、日下一党の虐待を受けたのだ。

この「都市」という名に値しない都市には、かならず医師がいるはずだった。必要な治療のためにも、おぞましい各種の実験のためにも。気づくのがおそすぎたが、気づかないよりはましだ。

私はペトさんに向けてどなった。

「医者はどこだ!?」

彼も気づいたとみえて、地にはっている男たちのうち、意識のありそうなやつに、きつい口調で問いかけた。

「オトトイからいない、いうですヨ。ボスたちに報告するついでに休暇をとって、モスクワにいってるそうデス。帰ってくるのはアサッテね」

「運のいいやつね、あらゆる意味で。これまでの幸運を帳消しにするため、かならず帰って来るがいい。自分の研究所がどうなったか、見せてあげるから」

「警視、あそこにも人が」

阿部巡査が太い指をのばした。かなり闇に慣れてきた目に、五、六人の男がよろめきつつ遠ざかる姿が何とか認められた。

「小物に用はないわ。逃げるなら放っておきなさい」

「わかりました」

すなおに答える阿部巡査の足もとには、三人の男が迷彩服を着てのびている。三人ともかなり体格がいいが、阿部巡査ひとりでかたをつけたらしい。タマラが口笛を吹いた。

「あんた、なかなかやるじゃないか」

「サンキュー」

ほめられていることぐらいはわかるので、阿部巡査は最小限の返答をした。ところが、タマラの賛辞はまだつづいた。

「ずいぶん体格もいいし、顔もタフガイっぽくていいね。若いの、あんた、結婚はまだだろ？　いい人はいるのかい」

すこし危険な方向へ話が向きかけた。阿部巡査はそれとさとり、困惑の表情で、答えをさがしている。彼の英語力は平均的日本人のそれである。

どうなることやら今後の経過を見物したい気もしたが、万が一こじれるとややこしいことになる。それに私は常識人である。同僚の意外なピンチを救うことにした。

「マリちゃん、ちょっと来てくれ」

「はいっ、はいっ」

阿部巡査も察しよく飛んできた。

考えてみると、私にとって一番あてにできる戦友は阿部巡査である。涼子とタマラは私の手におえないし、由紀子には遠慮があるし、マリアンヌとリュシエンヌはあくまでも涼子の臣下。貝塚さとみは平均以上だが、こんな「戦場」で責任を課すのは酷だ。ペトさんはどこまで信用できるかわからないし、岸本は論外！

こんな変なチームと闘うハメになった敵も、すこし気の毒だが、これは積悪《せきあく》の報いとあきらめてもらうしかあるまい。

　マリアンヌとリュシエンヌは、さっさと電線および電話線を切断し、都市内を暗黒にしてしまっていた。そのなかでまた人影が動いた。まだ戦意をうしなわない十人ばかりが、おそいかかってくる。

　涼子が叫んだ。

「ここで死んだりしたら、二度と温泉にはいれないし、水ギョウザも食べられなくなるのよ！　さっさとやっておしまい！」

　あまり格調の高い演説ではなかったが、死にたくないのだけは、全員いつわりなし。撃ったり、なぐったり、蹴とばしたり、椅子を投げつけたり、踏んづけたり、トウガラシのカプセル弾をくらわせたり、あらゆる手段で敵を不幸な境遇におとしいれてやった。

　うめき声をあげて運命を呪う男どもは、冷たく放置しておく。あらためてタマラが負傷した女性に問うと、彼女はエベンキ族で、まだ、三、四人の女性が生きていて、建物の内部に閉じこめられているという。

　阿部巡査がエベンキ族の女性をせおい、私たちは建物の内部にはいって、鎖でつながれていた女性たちを解放した。鎖は炭素繊維のスカーフで切断したのである。彼女たちはおびえていたが、夜が明けるまではここを動かず隠れているよう説得した。

「叛乱とか分離独立とか、基本的には、あたし大好きなんだけどね」

　涼子は真実を語っているのである。

「でもまあ、今回はあきらめてもらいましょ。さっさとかたづけて、ロシア軍がハイキングに来る前に引きあげるのよ」

　これまた全員が賛成だった。

V

雲が切れると、頭上は満天の星だった。もはや深夜をすぎて、未明に近い時刻だ。アドレナリンが大量に分泌され、交感神経がフル操業しているのだろう、すこしも眠くない。

星明かりの下で、日・仏・露三国連合軍は、あわただしくミネラルウォーターを飲み、チョコバーをかじった。敵の気配は、ほとんど感じられなくなっていた。負傷するか、あるいは逃亡したのか。

涼子がペトさんに問いかけた。

「ところで、ペトさん、あんた、あたしたちについたはいいけど、今後のあてはあるの？」

「ロシアのギャングたちにも、たくさんの派閥があるです。鳥にたとえると、ハト派にタカ派、スズメ派、オウム派、カラス派……」

「あんたは何派なの？」

「そですね、トキ派かナ」

「トキ!?　あんたもいいかげんずうずうしいわね」

同感であります、警視どの。

「そですか、それじゃウグイス派とでもしておくですが、よろしですか？」

これ以上、異議をとなえてもしかたがないので、あいまいにうなずくと、ペトさんはのんびり話しはじめた。

「えー、ウグイス派はですネ、現在のロシア連邦政府と、わりかし仲いいです。というか、うまくつきあってるです。それで、大統領は、今後ずっと政権にぎるつもりですが、総額九兆ルーブルの大金を投資して、シベリア極東を開発するといってるですよ」

「九兆ルーブルってどれくらいかな」

「えーと、一ルーブルが三円、もうちょと上ですかネ」

たしかに大金である。貝塚さとみが、チョコバーをかじりながら、「へえ」と目をみはった。

「ここより五百キロばかり南のアムール州に、宇宙開発基地つくって、それに貨物専用の国際空港やら宇宙科学関係の研究所やら工場やら建てて、そこを拠点にして、日本や中国と経済カンケイを強化するですよ」

聞けばなかなか野心的な構想だが、うまくいくのかな。そう思っていると、涼子の手がひょいと私の手からミネラルウォーターの瓶をとりあげた。

「ははん、日下がシベリア（略）共和国なんてものをでっちあげたら、宇宙開発基地とやらも、ただどりされちゃうわけだ」

まだ飲みかけなのだが、おかまいなし。瓶に口をつけて三度ほど咽喉《のど》を動かすと、涼子は私に瓶を返してよこした。私がだまって受けとり、そのまま口をつけないでいると、なぜだかペトさんが変な笑いかたをした。

「ロシア大統領がためこんだ資産は、ざっと五百億ドル。まあ、ドルの価値もずいぶんと下落しましたですけど、半分はワタシの知人たちが貢《みつ》いだようなものですヨ。でね、大統領の資産はほとんど国内にないの。ワタシの知人たちが運用をまかされてるですネ」

「西側の投資基金《ファンド》にでもまわしてるの？」

「ご名答デス。ファンドも承知してるからね、けっして大統領に損はさせません」

涼子は優美な動作で髪をかきあげた。

「共産主義は人類を虐待したけど、金融資本主義は人類を破滅させるわね」

「あたしも正直、ここまで急速に堕落するとは思わなかった。ロシアもだけど、他の旧共産国は、あんなに資本主義にあこがれてたのにねえ」

タマラが私より五倍ほどふとい溜息をつく。

「そろそろいこうか」

涼子がいって、一同は立ちあがった。まだ口を動かしている者がいたが、そうゆっくりもしていられない。歩き出しながら、タマラが英語で話しはじめた。

「ソ連時代は失業はなかった。労働は神聖な義務だからね、一週間もブラブラしてたら、お役人がとんできて仕事をあてがう。現在は、働きたくなきゃ働かなくてもいいけど、就職先がなかなかない。皮肉なもんだよ」

タマラは、空《から》になったミネラルウォーターのペットボトルをにぎりつぶした。

「それに、ソ連時代は、医療費も大学の授業料も無料《ただ》だった。うちの祖母《ババ》サマなんかは、『ブレジネフのころはのんびりしててよかった』なんていってたくらいだからね。汚職役人とナマケ者だらけの無気力な時代でも、悪いことばかりじゃなかったってことかねえ」

タマラはじろりとペトさんを横目で見やった。

「ま、どんな時代、どんな国でも、悪い方向に勤勉なやつらはいるもんだけどね」

ペトさんはそ知らぬ表情《かお》でチョコバーのかたまりをのみこんだ。同時に、星空の下のどこかで、すっかり聞きなれた声が発生した。

シャアアア……！

「まだいるう」

岸本が泣き声をあげて、愛《いと》しのいずみちゃんを抱きしめた。フィギュアが眉をひそめたように見えたのは、きっと気のせいだろう。

「おい、いずみちゃんだけ、そんなにたいせつにしていいのか。他の四人がヤキモチやくぞ」

私が口にしたのは、もちろん程度の低いイヤミである。ところが岸本のほうは大マジメで、フィギュアを抱きしめたまま反論した。ひさしぶりに声に力がこもっている。

「ひとりは五人、五人はひとり。たがいに信じあい、尊重しあう。レオタード戦士たちの間にシットなどないのです！」

「わかったわかった」

「ボクがいずみちゃんをタイセツにするのは、私情からではありません。まだレオタード戦士の美しいココロを、ロシアの人はよく知らないですから、ボクが身を挺《てい》してですね……」

「布教にはげむってんだろ、わかってるってば」

ここで、涼子がとがった声をはさんできた。

「岸本は好きにさせときなさいよ、泉田クン」

「はあ、そうしてるつもりですが……」

「だいたい、他人のことをえらそうに論評してる場合じゃないでしょ。君もすこしは、上司を思いやって尊重したらどうなの」

そんなことをいわれてもなあ。

涼子をオンブして、シベリアの曠野《こうや》を歩く自分の姿を、想像してはみたが、

「警視、ここがシベリアですよ」

「それくらい知ってるわよ！」

と、二行でオシマイである。だいたい、おとなしくシベリア送りになる御仁《タマ》ではない。私にオンブされるより、肩車に乗って、サーベルでも振りかざし、

「全軍突撃！　バイカル湖までぶんどれ！」

なんて号令するほうが、よっぽど似あっている。

薬師寺涼子という女《ひと》は、乱世に生まれるべきだったなあ、と思う。いや、現代だって理想的な平和の世とはとても思えないけど。十八世紀のヨーロッパの小国あたりに生まれて、ロシアのエカテリーナ女帝やオーストリアのマリア・テレジア女帝なんかと機謀《きぼう》をきそいあったら、さぞ生き甲斐があっただろう。それとも古代ペルシアあたりの女王になって、ローマ帝国とわたりあう、とか。

「ハンニバルと同盟して、東西からローマを挟撃せよ！」

似あうのだ、こまったことに。やれやれ、と思ったとき、あやうく私は涼子の背中にぶつかりそうになった。

涼子が突然、立ちどまったのだ。というのも、先頭のペトさんが急に足をとめたからで、三ヵ国の一同十人、つぎつぎと衝突しそうになった。

私たちは、建物のひとつの角をまがりかけたところだった。その建物は下の階は壁だけで、上の階に

は窓があったが、暗いままだった。ところが角をまがると、下の階にも窓があり、光が洩れていたのだ。自家発電装置をそなえているらしい。

「月岡、何してる？」

日下公仁の声までした！　私たちは目だけ出すようにして、室内をのぞきこんだ。

日下と月岡がいた。月岡は呼吸を荒くしたまま沈黙している。呼吸の荒さの原因は、主として緊張のためだろうが、左手にぶらさげたボストンバッグの重さのせいもあるだろうか。

デスクの他に家具らしい家具もない殺風景な室内で、五秒ほど無言のにらみあいがつづいた。

「札束か？」

日下が沈黙を破ったが、その声は侮蔑感のかたまりだった。

「その分だと、二、三億円ぐらいは、はいっていそうだな。つましいサラリーマンならともかく、おまえじゃ一年と保《も》つまい。もちろん、個人のライフスタイルは個人の自由、というのが資本主義の世界だがな」

「よけいなお世話だ！」

月岡はわめいた。涼子流にいえば、「栄養失調の狂犬」みたいに両眼がぎらついている。

「だいたいあのとき南米にでも逃げこんでりゃよかったものを、こんなところにつれてきやがって、おかげで、おれは貴重な人生を何年もムダにした！」

「ロシアの女や麻薬をさんざん愉しんだくせに、いまさら何をいう。出ていきたきゃ、いつ出ていってもよかったんだぞ」

「だから、いまから出ていくんだ！」

「めずらしく論理的な発言だな。しかしまあ、おまえの趣味にもおそれいるよ。何しろ、女に注射するのが大好きなんだからな」

「それがどうした？　めずらしいことでもないだろう」

「めずらしいさ。毒薬だからな」

硝酸系の有毒化合物の名を、日下は口にした。

「一時間後に死ぬだけの量を注射して、恐怖で半狂乱になった女をもてあそぶ。五十五分たったら、こんどは解毒剤を注射してやる。女の反応がスリリングでたまらねえ、というのはともかく、おまえ時間の観念が鈍いだろ。二回に一回は、まにあわなかったな。わざとまにあわせなかったのかね」

日下は、高く低く笑声を奏《かな》でた。

「死刑制度なんてものは、おまえのようなやつのためにあるんだろうな。でなきゃ、これまでの死刑囚が気の毒ってものだ」

「ふざけるな！　きさまが何もかも主導したんじゃないか。お、おれは、女と麻薬《ヤク》までで満足してた。きさまと知りあうまでは……」

「自己責任だと思うがねえ。ところで、わが青春の友よ、たかだか二、三億の小銭をかかえて、どこへいく気だ？」

「それは……」

答えかけて、あやうく気づいたようで、月岡は半分わめいた。

「どこへいこうと、おれのかってだ！」

「ところが、そうじゃないんだな」

このとき、ペトさんがドアを見つけて合図したので、私たちはさらに頭を低くして、そろそろと窓の下を移動した。

「や、やめろ、日下、おまえにとって二億や三億、ほんとにハシタ金だろう！」

頭上から月岡のうわずった声が聞こえた。

「ハシタ金さ。だから土下座して哀訴《あいそ》するなら、くれてやってもよかったんだが、この期におよんでコソコソ逃げ出す性根《しょうね》が気にいらん」

椅子から立ちあがる音。

「や、やめろ、やめてくれ……！」

悲鳴につづいて生《しょう》じた、おぞましい音の正体は、私には見当もつかなかった。

第八章　ラスト・モンスター

I

　私と阿部巡査、それにペトさんの体あたりで、ドアの蝶番《ちょうつがい》は、はでな音をたてて吹きとんだ。

　ドアは三人を乗せた形で、室内に倒れこみ、今度は重い悲鳴をあげる。すかさず六人の女性軍が、武器をかまえて躍りこんだ。他の五人は私たちを避けて左右に散開したが、涼子は正面へ跳んだので、私の背中をふんづける形になった。わざとじゃないだろう、と思いたい。

「動くな！」

　涼子の叱咤《しった》が室内をするどく奔《はし》る。日下は動じる色もなく彼女を見返した。

「これはこれは、出迎えもせず失礼したね」

　室内の光景は異常だった。異常さは予想していたが、もちろん具体的にはわかるはずもない。唾《つば》をのみこむだけの価値があったことはたしかである。

　床の中央に、赤黒い人体が倒れていた。あおむけだったので、月岡だということがわかった。赤黒いのは、全身いたるところから血が噴き出し、床に流れ落ちていたからだ。咽喉《のど》のあたりに致命傷があるようだが、いったいどうやって傷つけられたのだろう。

「射殺じゃないね。銃声がしなかったし、傷口もちがう」

　タマラがいうと、すこし青ざめた室町由紀子が、吐き気をこらえるような声を出した。

「刃物で斬ったのかしら」

「そんなこと、加害者本人に尋《き》けばわかるわよ」

　涼子が日下公仁をにらみつけ、ワルサーの銃口を突きつける。

「国家、国境、関係なし。殺人罪で逮捕する！」

日下はおおげさに両手をひろげてみせた。

「おいおい、ほんとに死んでるかどうか、たしかめてからにしたらどうかね」

憤然《むっ》としたが、正論である。室内の惨状に圧倒されて、重大なことを確認しておかなかった。あわてて私と阿部巡査は月岡に駆けよろうとしたが、一歩はやくマリアンヌが月岡の頸《くび》に手をあて、涼子と夕マラにむかって首を横に振った。直前に失血と外傷性ショックで死んでいたのである。

「なつかしき日本の警察か……らしくないのもいるが、おどろいた、美人ぞろいだ。約一名をのぞいて、殺しがいがありそうだな」

「どうやって殺したの!?」

「白手《すで》で」

不誠実のきわみ、ともいうべき返答をした日下は、つぎの瞬間、頭を両手でかかえた。歩みよった涼子が、背伸びをして、日下の脳天にゲンコツをくらわせたからである。

「平手打ちなんて、あんたにはもったいない！」

吐きすてると、涼子は私たちを見まわした。

「室内をさがして。こいつの武器がどこかにあるはずだわ」

「わかりました」

私は指先で、開かれたままの月岡の瞼《まぶた》をとじてやった。じつのところ、見開かれた目が、気味悪かったからである。

日下が頭をさすりながら毒づいた。

「お嬢さん、あんたのやったことは特別公務員暴行陵虐罪《りょうぎゃくざい》とかにあたるんじゃないかね」

「あたし、ジャンケンでは最初にグーを出すことにしてるの。つぎはチョキよ。両眼に指を突っこんでやるからね」

「おお、こわいこわい」

うそぶいた日下は、ペトさんの姿に目をすえ、わずかに眉を動かした。

「おい、何してる？　何のために、おまえを飼ってたと思うんだ、ペト公？」

とっさに私はマカロフの銃口をペトさんに向けた。相手がバイアスロンの金メダリストだとしても、たとえ伝説のシモ・ヘイヘだとしても、ここで退くわけにはいかない。即死させられないかぎり、一弾でもペトさんに報いてやるつもりだった。ペトさんがここで涼子に危害を加える気だったら……。

ペトさんのほうは、というと、悠然たるもの。私の緊張など歯牙《しが》にもかけないようすだ。

「すみませんネ、クサカさん。ワタシ、思ウトコロあって、というんですか、オリョーサンたちの味方することにしたですヨ」

「ほう、裏切る気かね」

「あー、ホラ、クロサワ・アキラの映画にあったですネ、『ウラギリゴメン』いうやつです。カッコいい台詞《せりふ》ですネ」

ペトさんを見やって、日下は舌打ちした。残忍・冷酷・狡猾《こうかつ》と三拍子そろったこの男も、ペトさんに対する人物評価という点においては、自信満々とはいかないようである。

「ま、どのみち、ロシア人なんぞ心から信じちゃいなかったがな」

負け惜しみにしか聴こえなかった。

それにしても、おちつきをうしなわない男だ。表面的なだけかもしれないが。兇器をさがしまわる一同をながめながら、チェシャー・キャットのような笑《え》みを絶やさない。それどころか、銃口を突きつけられながら、涼子との会話を楽しんでいるようすすらあった。

「あらためていうが、私の構想が実現すればだ、日本は北方領土をとりかえし、さらに千島列島全体とサハリン全体を手にいれる。極東ロシア軍の脅威からも解放され、シベリアの豊かな地下資源も優先的に権利を保証される。私を自由にさせておいたほうが、よっぽど日本の国益になるぞ」

「明るい未来ね。で、失敗したら？」

「そのときはロシア人どうしで殺しあいになるな。日本人にとっては、痛くも痒《かゆ》くもないだろう。いや、日本人の多くはロシアがきらいだからな。大よろこびで拍手するんじゃないか」

室町由紀子がまじまじと日下を見つめた。

「理非《りひ》善悪はともかくとして、日本人にはめずらしい陰謀家ね」

「買いかぶるんじゃないわよ、お由紀、このていどの妄想が実現可能なら、太平洋戦争で日本はアメリカに勝ってるわ。いまごろサンタモニカの海岸に浜茶屋が出て、焼きソバやタコ焼きを売ってるでしょうよ」

どうも、似あわない光景である。日下もそう思ったらしい。

「サンタモニカでタコ焼きは、かんべんしてほしいね。ところで兇器は見つかったかね？　まだ？　それじゃ退屈しのぎに、もうすこし、しゃべらせてもらうとしようか」

まだしゃべりたりないらしい。全身、自己顕示欲のカタマリのような男である。

「いま人類に必要なのは、愛でも絆でもない。夢でも希望でもない。必要なのは、核廃棄物の処理場だ」

血の匂いを気にもとめず、しゃべりつづける。

「次元が低くてイヤになるね。仏陀《ブッダ》やイエス・キリストが道を説いてから二千年以上たって、人類が到達した境地がそれとはね」

「あんたは次元が高いつもりなの？」

涼子が詰問した。日下が返事しようとしたとき、タマラが声をあげて、兇器らしいものが発見されなかったことを告げた。

一同は移動することにした。こうなったら、日下がサーベルタイガーを「育成」している場所だけでも確認しておきたい。

「どうせ利権あさりで財界人がしゃしゃり出てくるにしても、どうして原子力業界のボスが？　その点が釈然としなかったんだけど、何てことはない、核のゴミ捨て場を自分の目でたしかめるつもりだったとはね」

「でもって、核のゴミ捨て場にするため、ひとつの国をつくる構想だった、と」

「それだけが目的じゃないみたいだけど」

はあー、と私は溜息をついた。日下は愉快そうに「凡人」一同を見まわした。

「全世界の核廃棄物を、一手に引き受けて保管してやろうというんだ。トイレなしの豪邸を建てて、イルミネーションで飾りたててよろこんでいる全世界の低能どもが、いくらでもカネを出すさ」

「うるさいわね、さっさと案内おし」

涼子は叱咤《しった》し、さらにつけ加えた。

「世界の半分を支配していたころにくらべれば不景気になったもんだけどね、いちおうロシアは世界第二の軍事大国なのよ。だまって分離独立を認めると思うの？」

「シベリアや極東のロシア軍がどう出るか、興味深いところだね。はてしない曠野《こうや》で、戦車の大軍団どうしが激突するかもしれない」

「スペクタクルではあるわね」

「それとも、核ミサイルを撃ちこむかね？　自分の領土に、自国の国民に向けて？　それこそロシア政府は人類の敵とされるだろう」

涼子が茶色の髪をゆらした。

「あー、勉強になるわ、投資業者がどんなぐあいに口車を回転させて、欲ボケした資産家どもを破産地獄へ送りこむか。いちいち反論するのもバカらしいけど、方程式の立てかたが、あんたにとってつごうよすぎるわよ」

II

通路は薄暗かったが、ところどころ天井にオレンジ色の小さな電球が光っており、歩くだけならたいして不自由はなかった。

「まだまだあるぞ。ウラジオストクは経済特区という名で、日本や韓国の租界《そかい》になる。法人税をゼロにするから、大企業の本社がどんどん移転してくるだろう」

「そうね、大企業って、税金はらうのが大きらいだもんね。でも、大銀行なんて、日本でも史上空前の利益をあげてるくせに、税金はらってないんだから、わざわざ移転してこないんじゃない？」

奇妙な会話だった。日下の「秘密研究所」へ向けて、通路を進みながら、銃を向ける者と向けられる者とが声をかわしあっている。

日下は先頭に立って、両手を後頭部にあて、背中には銃口を突きつけられていた。いかにも不利に思えるが、私たちには日下の顔が見えない。それがどうにも、気味が悪くてしかたなかった。

日下は涼子とちがう意味で人間ばなれしているが、まだその全容を、私たちは把握できていないのではないか。

「ミネラルウォーターの工場？　けちくさい話だ。水資源を利用するなら、もっと壮大なプロジェクトを実行したらよかろうに」

「どんなふうに壮大なのよ」

「アムール河とバイカル湖からパイプを引いて、北《ペ》京《キン》に水を供給するんだ。どうかね、以前から考えてたことなんだが」

私の脳裏に、ユーラシア大陸の地図が浮かんだ。アムール河と北京との距離を考えると、つい歎声《たんせい》をあげずにいられなかった。

「よくまあそんなバカげた計画を考えつくもんだな」

「燕雀《えんじゃく》いずくんぞ——以下略。いいかね、バイカル湖には二十三兆トンの淡水がたくわえられているが、これは地球上の淡水すべての二割にあたるんだ。べつのいいかたをすれば、十五億人の生命と生活をまかなうことができる淡水があるのだよ。これを活用せずしてどうする?」

日下の声がひときわ熱をおびた。その熱に、涼子が冷水をぶちまける。

「五、六十年前なら、自然改造のエキスパートといわれたかもしれないわね。でも、おあいにくさま。現代じゃ環境破壊の悪魔とののしられるだけよ。そんな話に中国政府がのるとも思えないわね」

「そうかね、中国政府がそんなに自然保護に熱心だとは知らなかった」

「そうじゃないわよ。あんたが口笛でも吹きながら、パイプの栓をちょいと閉めたら、北京とその周辺は、たちまち半砂漠よ。そんなあぶない話、のれるはずがない」

「君なら、のらないだろうな」

「そんなことより、どこまでつれていく気?」

「君たちのいきたいところだよ」

どこまでも気にいらない口先の持ち主だ。涼子はうしろから蹴とばしてやるようなポーズをつくったが、ちょうど階段にさしかかって下りはじめたので、とりやめにしたようだった。

「ところで私の名は日本でもまだ有名だろうね」

「あーら、あんたていどの小悪党、二、三年もすれば忘却の彼方《かなた》よ。日本の犯罪数は五十年前にくらべればずっとへってるけど、それでも毎年、スキャンダラスな犯罪者はあたらしく出てくるし、芸能人は離婚や大麻さわぎをくりかえす。ラーメン屋やスウィーツ店だって開店するし」

「ラーメン屋?」

「そ、日本のメディアにとっては、米中首脳会談なんかより、行列のできるラーメン屋のほうが、ずっとだいじなの」

階段は三十段ほどあった。壁には血か泥か、茶色っぽいものがこびりついている。だれが掘らされたか知りようもないが、労働の過酷さがしのばれた。

階段を下りきると、またおなじような通路だ。どこをどう引きまわされているか、知れたものではない。

それまで口をきかなかった室町由紀子が、列のなかほどから、はじめて日下に声をかけた。

「あなたは、あたらしい国をつくるとかいってるけど、議会や選挙はどうするの」

「議会？　選挙？　そんなものが必要あるかね、何しろ民主主義人民共和国なんだからな。人民の代表が右といえば、全国民がいっせいに右を向く。統制と規律と服従こそ国家の理想だ」

「向かなかったら？」

「ああ？　そんなことはありえない。愚民どもがほしがっているのは、選択肢なんかじゃない。強力な指導者の、毅然《きぜん》たる命令だ。日本人もこのごろわかってきたようだね」

「毅然、ねえ」

涼子が皮肉っぽく笑う。

「きらいな言葉かね」

「もともとの意味はきらいじゃないけどね。でも日本では、アホな政治家や文化人が、アメリカ以外の国に強がってみせるときにかぎって、その言葉を濫用《らんよう》するのよ。だから、言葉自体、安っぽくなってきたわ」

「それは言葉の罪では……」

「もうたくさん。これ以上あんたと上品ぶった会話をかわす気はないわね。拉致《らち》、監禁、性的虐待、殺人、どれもこれも、あんたのやってきたことは政治と無関係の犯罪でしょ。壮大なプロジェクトのかずかずは、獄中で筆記して、それがすんだら、せいぜいカッコつけて十三階段を上るのね」

「獄中記か、ベストセラーになるだろうなあ。印税をあの世まで送ってくれるかね」

涼子が返事をしなかったので、日下もだまって足を運んだ。

私たちは前進をつづけた。長い通路で、まがり角もある。建物の巨大さを、私たちは思い知らされたが、どうやら最初から計画的に設計されたというより、増築や改築をかさねた結果のようだった。

壁や床がむき出しのコンクリートでなく、木ででてきていたら、古い旅館だと錯覚しかねない。奥へ奥へ、進むというより引きずりこまれていく感じで、私は、日下の意図を一段とあやしんだ。まるでその気配を察したように、日下がいった。

「ご心配なく、ちゃんとおつれするよ。人間がどこまで恐怖と苦痛に耐えられるか、その実験場にね」

「あんたはどこまで恐怖と苦痛に耐えられるかしらね」

涼子の声が私を戦慄《せんりつ》させた。彼女の声は、氷河期の火山の噴火を連想させるものだ。灼熱《しゃくねつ》した氷の巨大なかたまりが宙を飛んで、周辺のあらゆるものをたたきつぶす。

日下は、女王陛下を本気で怒らせたのだ。

そのことを、日下自身もさとった。さとって、よろこんだ。共喰《ともぐ》いする深海魚がいて、下水溝のなかで同類を見つけたら、舌なめずりするだろう。肩ごしに振りかえった日下の表情は、まさにそれだった。

「そいつには私も興味がある。お礼にひとつ歌を披《ひ》露《ろう》してあげよう。流浪の旅人が、祖国をしのんでつくった歌だよ」

「よけいなことしなくていいわよ」

涼子の声を無視して、日下は歌いはじめた。

むかし放射能だらけの国がありました
おじいさんは山へ柴刈りに
おばあさんは川へ洗濯にいきました
その間に政府や原子力業界のやつらは
さっさと逃げ出してしまいました
ふたりは置き去りにされました
めでたしめでたし……

私の脳は白熱し、世界が爆発した。日下の歌には異様なイメージ喚起力があって、祖母の姿がまざまざと脳裏に浮かんだのだ。

日下にとびかかって、あとのことはほとんどおぼえていない。馬乗りになって、なぐりつけたらしい。馬乗りになられて、なぐりつけられたらしい。目にむかって日下の拳が急接近したかと思うと、火花が散乱した。

よろめいたが、かろうじて転倒をまぬがれる。今度は胃の下のあたりを蹴られた。あやうく胃液を吐き出しそうになる。背中が壁にぶつかった。

右、左、右、左、左、右。パンチの速さ、重さ、鋭さ、いきおい。とても五十近い男のものとは思えない。私の想像をはるかにこえて、日下は強かった。それでも、私には反撃のチャンスが来た。

猛烈な打撃が顔をおそう。寸前、私は顔をかたむけてかわした。日下は壁を強打し、痛みに眉をしかめた。間をおかず、私は右の拳に全体重をこめ、日下の左頬を下から突きあげた。

日下の身体が浮きあがる。彼が両脚を投げ出して倒れこんだとき、私も床にへたりこんだ。

III

貝塚さとみが駆けよってきて、ハンカチで額のあたりをふいてくれた。

「すごかったですよお、警部補」

「すごくなんかないよ。我を忘れて、お恥ずかしいかぎりだ」

「……じゃあ、あのこともおぼえてませんか？」

「あのことって？」

私が呆《ほう》けた声を出すと、貝塚さとみは声をひそめた。

「薬師寺警視と室町警視が、口をそろえて、『やめなさい』とおっしゃったとき、警部補はどなったんですよ」

「どなったのか」

そういわれれば、そんな気もするが。

「で、何てどなってた、おれ？」

「『すっこんでろ！』って……」

ハアアアア……私は長い長い溜息をついた。

「礼儀ただしい常識人」という看板を自分の手でたたきこわしてしまったようだ。

「でも、ほんと、お強かったですよ！　もう一発でノックアウト」

「年齢《とし》の差だよ。おれはやつより十五も若いんだぞ」

「それにしちゃ、大苦戦だったわね」

その声に、私は思わず首をすくめた。弁明の台詞を脳からしぼり出す前に、薬師寺涼子は私の前に片ひざをつき、点検するように私の瞼《まぶた》や頬にふれた。

「あの日下ってやつ、マーシャルアーツだったか、テッコンドーだったか、そういうのでアマチュアの日本選手権を保持してたのよね。資格を剝奪《はくだつ》されたけどさ」

「どうもすみません」

「何であやまるの」

「公務員としてあるまじきフルマイに出てしまいました……」

「あー、まったく、君は自分を良識派と思ってたかもしれないけどね、正体はこんなものよ。だからってあやまる必要もないけどさ」

「あの」

ひかえめな声が傍《そば》からした。

「何よ、お由紀、出しゃばる気？」

「早く治療してあげたほうがいいわ。ずいぶんケガしてるみたいだし」

「いわれなくてもわかってるわよ！　よけいな口をさしはさむヒマがあったら、救急箱でも持ってきたらどうなの!?」

「持ってきたわ」

由紀子が差し出したのは、赤十字のマークがどうにか読みとれる、ずいぶん年季のはいった救急箱だった。月岡が殺された部屋で見つけ、何か役に立つかと思って持ってきた、ということである。

涼子は救急箱をひったくると、私の受けた傷をあらためて点検した。

「あーあ、ここも、ここも、ここも傷だらけ。あたしだったら、髪の毛一本傷つけず、あんなやつかたづけてやったのに」

「お涼、失礼よ、そういういいかたはないでしょう」

「うるさいな、あたしがいってるのは、こいつが(私のことだ)日下なんかあたしにまかせて、高処《たかみ》の見物してりゃいいのに、ってことなの！　身のほどをお知り、善良な警官《グッド・コップ》」

「どうもすみません」

「あなたがあやまる必要はないわ」

「よけいな口をはさむな、お由紀！」

「いえ、室町警視、私があやまるのは、とんでもない暴言を吐いたからで……」

「ハッ、何をいまさら。いつもあたしに暴言吐いてるくせして」

「そ、そんなことはしてません」

「うるさい、だまって手当《てあて》させろ。えーと、まず消毒して……これかな」

五秒後、男の悲鳴がひびいた。声の主は私自身だった。額の傷に、激しい痛みが燃えあがったのだ。

「何よ、おおげさね。ちょっとぐらいしみたからって……ん、これは……？」

涼子は形のいい鼻に瓶を近づけて匂いをかぎ、思いきり眉をしかめた。

「な、何これ、ヨードチンキじゃないの！」

「傷口にヨードチンキをぬったの!?　ひどいわ、お涼、虐待よ」

「わ、わざとやったんじゃないわよ。だいたい、いまどきヨードチンキなんて、いつの時代の救急箱よ。持ってきたあんたが悪い！」

「わたしがやるわ、貸しなさい」

「へっ、やなこった」

かえって迷惑な面もあったが、私は光栄にも、警視庁の二大才女（と同時に二大美女）に治療してもらった。身体中、顔もふくめてバンソウコウだらけになる。

私をさんざん苦戦させた日下はといえば、非人道的なあつかいをされるハメになった。ようやく半身をおこして頭を振っているところを、涼子に蹴とばされたのだ。

「あたしの家臣が、手かげんしてくれてよかったわね！　ほら、さっさと起きて、サーベルタイガーの実験室に案内おし！」

一同は再出発した。阿部巡査が私に肩を貸してくれた。こうしてようやく私たちは目的地にたどりついた。

厚い鉄の扉。カギはかかっていなかった。必要がないということか。獣医の診察室と理科の実験室をあわせたような部屋で、小学校の教室なら四つ分ほどの広さがあった。一部がアクリル樹脂の低い壁で仕切られている。

そこには十頭ばかりのサーベルタイガーがうごめいていた。いや、完全な形で生を享《う》ければ、サーベルタイガーと呼ばれるべき太古の哺乳類たちだ。何度めのことか、今度も具体的に描写する気には、とてもなれない。双《ふた》つの頭、六本の肢、あるいは後肢がまったくないなど、人間が科学と称してもてあそんだ犠牲獣《いけにえ》がまとめて放りこまれていた。

まともな世話など、されていないのだろう。胸の悪くなるような臭気。汚物のなかに骨らしきものがちらばっている。

「……まさか、共喰いさせてるんじゃないでしょうね」

「ビンゴ。食えないやつは食われる。解決策はシンプルなほどいい」

「ずいぶん無責任だこと」

「そうでもないさ。やつらは結局、どいつもこいつも、できそこないだ。兇暴なだけで、じつは生命力は弱い。どうせシベリアの冬はこせない」

室町由紀子と貝塚さとみは、肩を抱きあうようにして顔をそむけている。正視に耐えないのだろう。

岸本は、すっかり忘れていたが、フィギュアを抱いたまま壁に寄りかかって失神寸前。阿部巡査は両足をふんばって何とか立っている。マリアンヌとリュシエンヌは口をおさえてささえあい、タマラは低い怒りのうなり声をあげた。

日下が腕を伸ばした。弱々しくうずくまっているサーベルタイガーの耳のあたりを、平手打ちする。

飢えてやせこけたそのサーベルタイガーは、目も見えないようだった。

「おやめ！　あんたって、つくづく弱い者いじめが好きなのね」

「弱いやつがきらいなだけだ。生きる資格もないくせに、他人に助けを求めるやつ、他人から助けてもらわなければ生きていけないやつらが、私はきらいなんだよ。動物保護？　笑わせる。自力で生きられないような動物を保護する必要があるかね？」

自分の演説に酔うタイプの男だ。室町由紀子が、蒼《あお》ざめてこわばった美貌を彼に向けた。

「あなたがいったことを政治や社会に援用《えんよう》すると、社会的弱者に対するセーフティネットなんか必要ない、身寄りのないお老人《としより》や、障害のある人は援助しなくていい、そう聴こえますけど」

「ご名答だ」

日下は唇の両端を高く吊《つ》りあげた。

「だいたい自力で生きられない者は、淘汰《とうた》されるのが自然の法則だ。それを、人間のかぎられた力で、むりやり生かそうとするから、国家財政は破綻《はたん》するし、税は重くなる。わが極東シベリア民主主義人民共和国は、社会福祉などという偽善をいっさい廃止して、自力救済できる人間だけの健全な……」

日下のいい気な演説を、異様な音が中断させた。

シャアアアア……！

その声を出したのは、室内のサーベルタイガーのどれかだろう。だれもがそう思ったが、あわれな犠牲獣たちに、声を出す力はなかった。

あけはなたれたままのドアから、何かがゆっくりはいってきた。人間よりひとまわり大きな四足獣で、あきらかにネコ科の肉食獣だった。私は声と息をのんだ。

あのサーベルタイガーだ！

見まちがいようがなかった。不自然なまでに長い牙が一本しかない。一本は涼子の絶技で切断されてしまったのだ。

「あら、生きてたのね、感心」

「苦労したみたいですよ」

加害者たちがささやきあう間に、マリアンヌとリュシエンヌがベレッタの銃口をサーベルタイガーに向ける。ふたりの技倆《うで》ならはずしようのない距離だ。

だが、涼子はかるく手をあげてメイドたちを制した。奇妙なことがおきようとしていた。日下が向きなおり、足を運んで、サーベルタイガーの前に立ったのだ。

「牙を一本だけのこして、すごすご帰ってきたか」

日下の声に、おぞましい影がさす。

「この恥さらし、うすらみっともないできそこない、絶滅するのが当然のろくでなし、見かけだおしの弱虫め！　きさまらを復活させるために、どれだけのカネと技術をつぎこんだと思ってる、ゴクつぶしのネコ野郎が！」

なかなかボキャブラリーの豊富な男である。どうするか見てなさい、と、上司が目で命じたので、私はマカロフをつかんだまま、三歩ほど退いた。

白手《すで》でサーベルタイガーと向きあいながら、日下はひるむ色も見せず、助けを求めもしない。得体《えたい》の知れない男ではある。

「成績の悪い子には、お仕置が必要だ。私は今日はちょっと機嫌が悪い。寝不足だしな」

それからの行動が奇怪だった。日下は大きく口をあけた。胸と腹が蠕動《ぜんどう》するのが、服の上からも見えた。あっけにとられて見守る一同の前で、日下は口に手をやった。指先につかんだものをずるずると抽《ひ》き出す。体内から！

それは鞭《むち》のように見えた。柄はたしかに鞭とおなじだったが、その先についているのは、有刺鉄線だった。

私は仰天した。まだ仰天できるのが不思議なくらいだったが。日下はまさしく化物だった。この男は有刺鉄線を胃にのみこんでいたのだ。

月岡を殺した兇器が発見できなかったわけである。TVの『世界のビックリ奇人コンクール』に出演しても優勝はまちがいない。こんな化物と、私は白手で闘ったのか。戦慄を禁じえなかった。

「この役立たずのできそこないが！」

有刺鉄線の鞭が、サーベルタイガーの身体にたたきつけられた。左目から頰、首、肩にかけて血の線が走り、破れて、大量の血が噴きあがった。

シャアアア……！

苦痛の声だ。貝塚さとみが両手で耳をふさいだ。まったく正常な反応だ。由紀子は耳こそふさがなかったが、蒼《あお》ざめた顔で私にささやいた。

「あんな相手によく勝てたわね、泉田警部補」

「いえ、あんなバケモノと知ってたら、とても闘う気になんてなれませんよ」

「思いっきり腹をなぐってやればよかったのに。泉田クンは必要ないところでやさしいんだから」

声の主は記すまでもあるまい。

有刺鉄線の鞭は、振りあげられ、振りおろされ、そのたびに犠牲獣の血と肉片が飛散した。これほど凄惨《せいさん》な光景は見たことがない。

「やめろ！」

思わず叫んだとき、日下が魔人の笑みを浮かべた。腰と手首を同時にひねる。私のマカロフに、有刺鉄線の鞭が音をたててからみついた。白手《すで》ではずせない。銃をうばわれる！

日下の顔に勝利と加虐の笑み。それが一瞬で変化した。ほとんど血みどろの肉塊と化して倒れていたサーベルタイガーが、死力をつくして上半身をおこし、うしろから日下の左の太腿《ふともも》に牙を立てたのだ。

ひとりと一頭はもつれあって倒れた。私はひと跳びしてマカロフを踏みつけた。思わず安堵《あんど》の溜息がもれる。

「あらあら、しかえしされてるわね。あんたも、シベリア（略）共和国の首領《ドン》になって世界を手玉にとる気なら、自分の生命ぐらい自分で救ってみせるのね」

涼子はワルサーをにぎりなおすと、優雅な動作で、それを投《とう》じた。日下が受けとめる。

「ちょ、ちょっと」

タマラがめずらしく声を動揺させた。

つぎの瞬間、私が見たのは、日下公仁の笑顔だった。これまでの人生で見た、もっとも醜悪な笑い。毒と腐臭《ふしゅう》にまみれた笑いだ。

笑いながら、日下は、ワルサーの銃口を涼子に向けた。サーベルタイガーではなく、私たちに。

たてつづけに二発の銃声が暁《あかつき》の冷気を引き裂いた。私は涼子を突きとばし、他の者は床に伏せた。

右頬《ほお》にたたきつけられるような痛みを感じる。銃弾が命中したのではない。至近を銃弾が飛び去ったため、衝撃波を受けたのだ。二発の銃弾は壁にめりこんだ。

奇襲の失敗を知った日下は、顔をゆがめ、自分を救うべく、ワルサーをサーベルタイガーにむけた。

三発めを放とうとして、日下は醜悪な笑顔を醜悪な渋面《じゅうめん》に変えた。サーベルタイガーの牙が日下の太腿に一段と深くくいこみ、牙が二本ともないように見えた。

この殺人狂にも痛覚はあったのだ。日下は何かののしりの言葉を発しながら、身体をひねり、ワルサーの銃口をサーベルタイガーの鼻面《はなづら》に押しつけた。ひとつ呼吸をして、引金《トリガー》をしぼる。

カチリ。かわいた空虚な音。

日下の表情が、ゆがんだまま凍結した。指は凍結せずに動いて、ふたたびワルサーの引金をひいた。

カチリ。

ワルサーの弾倉は空《から》になっていた。まだ二発の銃弾がのこっていたはずなのに、日下自身の手で空《から》にしたのだ。

自業自得とは、まさにこのこと。日下はあせったようだった。彼にとってただ一度のあせり。

「おい、何とか――」

大悪党にとっては他人に聞かれたくない台詞を、日下は聞かれずにすんだ。サーベルタイガーは一本だけの牙で日下の太腿を地面にぬいつけたまま、左右の前肢を振りあげ、振りおろした。

空気が鳴った。日下の頭部は、右側の三分の一と、左側の三分の一とが、同時に削《そ》ぎ落とされた。眼も眉も耳も、血煙とともに四散《しさん》して、鼻と口だけがのこった。

それは残酷というより、奇妙にシュールな光景で、私たちはただ茫然《ぼうぜん》と立ちつくすだけだった。十秒ほど刻《とき》がすぎて、はじめて動いたのはペトさんだった。

IV

「ハア、こういう死にかただけはしたくないもんですネ」

ペトさんはしみじみとした風情《ふぜい》で首を振ってから、日本人《ヤポンスキー》たちを見やった。

「さて、この傷だらけのネコは、もう助からないネ。出血がひどすぎる。だれが楽にしてあげますか？」

涼子が乱れた髪を掌《てのひら》でととのえながら、当然のようにいった。

「あたしがやるわ」

私の見るところ、サーベルタイガーはすでに九割がた死の淵に沈んでいた。わざわざ撃たなくても、ほどなく生命の灯は消える。だが、あえて射殺することで、けじめをつけるつもりだろう。それがわかったので、私も、他の者も、涼子をとめなかった。

ワルサーの銃口がサーベルタイガーの耳に押しあてられる。

一発の銃声で、サーベルタイガーの心臓はとまった。彼にどのていどの知能があるかはわからないが、彼とその血族をむりやり永遠の寝床から引きずり出し、虐待と侮辱を加えた人間を道づれにできて、満足して死んでいったのではないかと思う。そう思う根拠？　あまり認めたくはないが、私が安っぽいセンチメンタリストだからだろう、たぶん。

「さて、ペトさん」

「はい？」

「この趣味の悪い研究施設は完全にぶちこわすわよ。研究者どもは永久に失業。異議ないでしょうね」

「えーと、アレですね、人間のオロカさを象徴する記念遺産として、後世に遺《のこ》しておくというのはどうでショ？」

「不可」

「だめですかねえ」

「そんなものアウシュビッツにもフクシマにもあるから、もう充分。第一、こんなところまで、だれが見に来るのさ」

「ごもっとも」

ペトさんは頭をかいた。妙な愛敬《あいきょう》こそあれ、得《え》体《たい》の知れないことでは、日下にまさるともおとらない。とにかくこの部屋は出よう、ということになった。

岸本明は涼子に頬を思いきりつねられて正気にもどり、一同は、世界でも指おりのおぞましい部屋を出た。帰りは、もと来た道をもどるだけだ。マリアンヌとリュシエンヌが、「ミレディ」の命令を受けるまでもなく、壁に×印をつけていた。

日下公仁という男の正体は、彼の死後も、私にはよくわからない。いわゆる「良心的な人間」でなかったのはたしかだ。日本とロシア、おそらくはそれ以外の国でも、無力な女性を数知れず拉致監禁し、拷問にかけ、虐殺して遺体までバラバラにするような男を、人間社会で自由に泳がせておくことはできない。

彼が彼のおぞましい王国に最新式の設備をそなえておかなかったのはなぜか。涼子がいったように、彼は何もかもスターリン時代のままにしておきたかったのだろう。とてつもなく危険な男だった。

その一方、私は疑惑を禁じえないでいた。薬師寺涼子は、すべてを見ぬいた上で、日下にワルサーを投げたのではないか。彼がサーベルタイガーではなく、まず彼女に銃口をむけることを。それどころか、銃弾の数さえ計算して、日下を自業自得の死に追いこんだのではないか……。

「世の中にはね、神サマでなきゃ救えない人間がいるのよ。あたしたちの出る幕じゃないわ」

上司にはとうていかなわない、と、私が心から思うのは、こういうときだ。悩むべきことと、悩んでも無意味なこととの区別を、明快につけている。もっとも、べつの表現をすれば、悩みをぜんぶ神サマに押しつけている、ともいえるが。

室町由紀子は、というと、法と正義の女《ひと》だから、日下の横死《おうし》を残念がっていた。

「何とか生かして日本へつれて帰りたかったわ。公開された裁判によって、事実をあきらかにした上で、法による正当な罰を下すのが、法治国家だもの」

私はすこしためらったが、結局、口を開いた。

「出すぎたことをいって申しわけありませんが、実際に彼はもう死んでしまいました。すんでしまったことですし、むしろこれでよかったと思います」

「どうして？　泉田警部補」

「民間の裁判員たちが、日下の事件を担当したら、一生心的外傷《トラウマ》になりますよ」

私の援護を受けて、たちまち涼子が図に乗った。

「そうよ、何でもかんでも知りゃいいってもんじゃないわよ。あたしにいわせれば、限度を知ることこそ賢者の条件ってことになるんだけど、お由紀にはむずかしいかしらね。オッホホホ」

由紀子が何かいい返そうとしたとき、「あっ」と声をあげた者がいる。

「たいへんだ、すっかり忘れてました！」

「どうしたの、岸本警部補」

「ほら、あの人たちですよ、島倉サンと外務省の人たち。ほったらかしにしたままです」

「あら、そうだった」

由紀子の声は、どことなくクールにひびいた。社会正義のカタマリのような彼女だが、ほとほと島倉老人の為人《ひととなり》にイヤケがさしているらしい。すかさず涼子が意地悪なことをいう。

「凍死してないといいけどねえ」

「まだそこまで寒くないでしょう」

ようやく外に出ると、すでに暁になっていた。弱々しい早朝の光が、雲間からわずかにのぞき、何かの鳥が鳴きかわしている。人生最悪の一夜は、どうやらすぎたようだ。

幸か不幸か、ほったらかしにされていた三人は生きていた。島倉老人は異様に着ぶくれしていたが、外務省のふたりからジャケットを召しあげたらしい。私たちを見るなり、いたけだかにどなった。

「わしの身に何かあってみろ。大問題になるぞ、覚悟しておけよ」

「そりゃなるでしょうね。日本財界の巨頭、原子力業界の大ボスが、シベリアをロシアから分離独立させて、核のゴミ捨て場にするという陰謀に加担してたんだから。世界中のエコロジストどもが、あんたを敵とみなすでしょうよ」

たてつづけにクシャミがおこった。薄着にされた外務省のふたりは、慄《ふる》えながら鼻水をすすりあげていた。気の毒に、完全に風邪《かぜ》をひきこみ、口をきく元気もないらしい。

「わしをエコロジストどもに売る気か!?」

「あーら、ご心配にはおよびませんわ。あたくし、とっても祖国愛に満ちた日本人ですから、自分の国が国際社会の非難をあびるなんて、悲しいですもの」

「ふん、わしが自分の利益だけで行動していたとでも思うのか」

「心の底から」

「日本を大国として再建し、性根の腐りきったロシア人や中国人を、日本人の武士道でたたきなおしてやらねばならん。日本の近隣諸国が日本にさからわないよう、千年単位の国策をねっておったのだ」

「信じられないわね」

「何？　何が信じられん？」

「あんたは自分でずいぶん大物ぶってるけど、とても信じられないっていってるのよ」

「わしが小物だとでもいうのか」

「だってえ」

涼子はたぐいない美貌であるだけに、ニクマレ口《ぐち》をたたくときのニクらしさも尋常ではない。持ち味全開の態《てい》で言葉をつづける。

「F県の知事を、国策捜査で刑務所に送りこんでやった、なんていってたけど、あんたにそんなだいそれたこと、できるわけないじゃない。警察どころか検察も裁判所もマスメディアも動かして、無実の人間を有罪にしなきゃならないんだから。首相でもあるまいし、あんたにそーんな力あるわけないでしょ。誇大妄想もいいかげんにして、足もとの明るいうちに隠居したらいかが？」

外務省のふたりは、だまりこんだままだ。風邪で弱っているだけではなく、自分たちからジャケットを召しあげた島倉老人に対して、さすがにへつらう気をなくしたのだろう。老人に向ける目は、冷淡だった。

「待っとれよ、日本に帰ったら、わしの偉大さと恐ろしさを思い知らせてやるぞ。おまえなど抹殺するのは簡単なことだ」

「簡単なわけないでしょ。あたし、何も罪を犯してないもの」

これはウソだ。

「罪を着せることなど簡単だ！　無実の人間でも、有罪にしてやったことが、わしにはあるんだ」

ひと晩の異常な体験が、島倉老人の自制心をくるわせたのだろう。ついに、そこまで口にしてしまった。

「ま、これぐらいで充分か」

堕天使が参考にしたくなるような笑みをうかべて、涼子は、ジャケットの内ポケットから、小さな銀色の物体をとりだした。

「ICレコーダーってやつよ。いま、あんたが興奮して口走ったことは、ぜーんぶ録音してあるからね」

島倉老人の鼻先に突きつける。

「無実の人間を有罪にしたんですってね。ただですむわけない。覚悟するのはあんたのほうよ」

「ふん、そんなものが証拠になるか」

島倉老人は一蹴《いっしゅう》しようとして失敗した。

「F県知事には気の毒だけど、彼を無罪にするための法廷闘争をおこすわけじゃないのよ。日本内外のメディアとエコロジスト団体に流すだけ。もちろん話をおもしろおかしく脚色するのは、先方の自由よ」

「そ、そんなことをしおったら……」

「訴訟に持ちこむ？　望むところよ、やってごらん」

島倉老人は何か咆《ほ》えようとして口を開いた。出てきたのは声ではなく、白いアブクだった。そのまま白眼をむいてひっくりかえる。外務省のふたりがあわてて駆けよった。フンと鼻先で笑って、涼子は、てんやわんやを見守った。

秘密都市のなかに、まだ日下やロシアン・マフィアの子分がどれだけいるのだろう。すくなくとも、私の目のとどく範囲にはいなかった。

V

「で、お由紀、あの欲ボケした原子力業界の法王を、あんたはどうする気なの？」

「ハバロフスクからチャーター機に乗せて、帰国させるわ。帰国したら入院、ということになるでしょうね。じっさい、ずいぶん弱ってるし」

「チッ、甘いわね。日本海のまんなかあたりで突き落としてやったら？　証拠なんてのこりゃしないわよ」

「お涼」

「何よ」

「あの老人に関しては、わたしにまかせて。二度と国策に影響をおよぼせないようにするから」

「ふーん、ま、いいわ、あんたのやりくちでやってみるといい。あたしはお手なみ拝見といくわ」

すると元気をとりもどした岸本がしゃしゃり出た。

「島倉センセは、『原発をやめろというやつはサルだ』といってましたねえ」

「サル？　けっこうじゃないの、サルで。この期《ご》におよんで、まだ原子力発電を推進しようなんてやつらは、サル以下なんだから」

「そうね、サルだって一度ひどい目にあったらこりるそうだから」

由紀子の口調はおだやかだが、内容はかなり手きびしい。涼子は由紀子の顔を見つめて、魔女の笑いを浮かべた。

「お由紀、やっとあんたも一人前になってきたわね。今後が愉しみだわ」

「いっておくけど、お涼、わたしはあなたに同調するんじゃないのよ。自分の良心に照らして……」

「はいはい、とにかく、この一件が世界に知れたら、日本は大恥をかくことになる。公務員としては、絶対に隠蔽《いんぺい》しとおすことが、国家のためよねえ。いずれにしても、おしつけられた出張でちゃんと収穫もあったし、長居は無用、大いばりで日本へ帰りましょ」

私はつい口をはさんでしまった。

「え、収穫なんてあったんですか」

「あったわよ。日下とその子分三人、まとめてかたづけたじゃない」

「それはまあ……」

「内閣情報調査室長の弱みもつかんだしね」

「え、何のことです？」

「しょうがないなあ、泉田クンもちゃんと聴いたでしょ、銃器の押収と引きかえに、時価三百億円分もの麻薬が日本中にばらまかれるのを傍観したやつ」

「あ、あれは内閣情報調査室長のことだったんですか!?」

「そうよ、いまや大出世、でかい顔して首相官邸の一室でふんぞりかえってるわ」

涼子の声が妙に愉《たの》しそうなのは、大きなミスの責任もとらず、ふんぞりかえっているエリートを椅子から蹴り落とす計画が、すでにできあがっているからだろう。

貝塚さとみが小走りでやってきて報告した。

「警視、外務省のおふたりに風邪薬をあげてきました」

「ご苦労さま」

「あのふたりも災難でしたね」

「同情する必要ないわよ、さんざんいい思いもしたはずなんだから」

浅川や大鶴の口から、真相が洩れることはないだろう。そんなことをすれば、彼らが、ロシアン・マフィアの一員を領事館員として採用していたことが知られてしまう。

官僚組織の目的は、自己保存にある。国策も税金も、すべては彼らの自己保存に奉仕する存在でしかない。大震災の復興を目的として編成された何十兆円もの予算は、ごく一部が被災地に配られただけで、あとは無数の基金の設立にまわされ、それらの基金の理事長には、ことごとく官僚ＯＢが天下った。

巨大な災害、国民の善意の寄付、莫大な国家予算、すべてが官僚組織を肥《ふと》らせるために利用されるのが、日本という国だ。

「警視、ペトさんがお別れをいいたいそうです」

阿部巡査がやって来て、律義に敬礼しながら報告した。

ペトさん（こんな局面になっても、まだ、ついさんづけしてしまう）は車の傍にいた。この都市においてあったらしいランドクルーザーだ。

「もう皆さんにお会いすることもないでショ。元気でいてくださいネ」

帽子をとって、ペトさんは深々と一礼した。

「つぎに会ったら、見逃すわけにはいかないわよ。覚悟しておいてね」

涼子は冷たくいったが、ペトさんが手袋をはめた手を差し出すと、拒絶せずに握手した。ペトさんはうれしそうだった。

「リョーコサンみたいな美女に殺されるのだったら、えーと、そう、本望ですヨ。どうせ、ろくな死にかたしないですからネ。山は上へいくほど、足もとせまくなるです。でも途中では下りられないからネ」

何だかしみじみとした口調で、日本人《ヤポンスキー》一同にもういちど会釈《えしゃく》すると、ペトさんは帽子をかぶって背中を向けた。たいして長くもない脚をもてあますような歩きかただったが、隙のないことは前回と同様だった。

やがて車のエンジン音がおこり、ランドクルーザーは暁の光のなかを走り去った。

涼子がリヨン以来の友人をかえりみた。

「タマラ、あとはあんたにまかせて、あたしたちは手を引きたいんだけど、かまわない？」

「スポンサーのたのみじゃ、ことわれないね。いいともさ。どうせすぐ冬が来る。モスクワのほうがおちついて、来年の夏ごろ政府の人間が調査に来ても、何も見つかりゃしないよ」

「ロシアン・マフィアは？」

「政府以上に、こんなことにかまってるヒマないさ。人間世界は氷山みたいなもんだからね。報道という名の海の上に出てるのは、ほんの一部さ」

「そうね」

うなずくと、涼子は、ちらりと私の顔を見て歩き出した。ついてこい、という合図なので、私はあとにしたがった。

装甲車の前で涼子は立ちどまり、もういちど私を見た。私は了解し、両手をにぎりあわせて前へ差し出した。涼子はそれに足をのせて、かるがると車上にあがる。私が上るときには手を引いてくれた。

ふたりならんで車上に腰をおろす。

「すこし前にね、八歳の女の子がアメリカ兵に性的虐待を受けた事件があったの。日本の警察はいちおう任意でとりしらべて、書類送検したけど、検察は、女の子や母親の証言が信用できないとして、不起訴にしてしまった。ところが、アメリカ軍は自分たちで捜査して、加害者の兵士を軍法会議にかけ、有罪判決を出した。禁錮《きんこ》六年プラス不名誉除隊」

「はあー」

私は今回の出張（？）で何十回めかの溜息をついた。

「アメリカのほうが、よっぽど公正ですね。ま、日本人の感情を害したら、同盟関係に傷がつくという政治的判断もあったでしょうけど……」

「アメリカが圧力を加えて不起訴にさせた、なんていわれたら、たまったもんじゃないしね。それにしても、この件に関しては、アメリカのほうがよっぽどマシでしょ、わが祖国より」

「ええ」

「八歳の女の子が外国軍の兵士に性的虐待を受けても、守りもしなけりゃ助けもしない。これで『誇り高い国ニッポン』なんてほざいてるんだから、お笑いもいいとこだけどさ、笑ってる間に何されるか知れたもんじゃない。そう思わない？」

「はい、そう思います」

涼子は両腕を大きくひろげて、伸びをした。

「いやー、あたし今度の件でさ、そうか、アラスカとかグリーンランドとか南極大陸とか、乗っとるって策《て》もあるなってことを学んだんだけどね」

「学ばないでください」

何でまた、よりによって寒いところばかりなんだろう。

「まずは海外より自分の国！　あたしがいて監視してなきゃ、日本はますますアカンタレの国になる。笑って見ちゃいられないわ」

おや、愛国心とやらにめざめたのかな。

私の無言の疑問を、涼子は察したようだ。

「あ、国家や政府なんてもんは、どうでもいいのよ、あたし。近代主権国家なんて、人類が産《う》んだ最低最悪の妄想だし、政府なんて、エリート意識にとりつかれた寄生虫の集団にすぎないんだから」

「わかってます」

「ホントかな」

「ホントですって」

涼子が立つのは、総理大臣や財界巨頭の傍《そば》でなく、八歳の少女の横だ。その点は、私はまったく、うたがっていない。涼子が強者に媚《こ》びるために弱者を痛めつけるようなことがあったら、太陽が西から昇るだろう。そのことだけは私は信じている。まあ、正義感や道徳というより、強くていばってるやつが気にくわない、というのが本意だろうが。

「お忘れかもしれませんが、私はまだあなたに『参事官室《ここ》から出ていけえ！』と、いわれたことのない男なんですよ」

「そうか、あたしって忍耐と寛容の女だったのね」

「はいはい」

「はいは一度！」

「はい」

どうやら涼子は、私がSPになるのを妨害したくせに、そのことはつごうよく忘れているらしい。

「よし、さっさと日本へ帰って、活動をはじめるぞ」

「何からはじめます？」

「温泉！」

涼子は断言した。日本人《ヤポンスキー》一同に声をかける。

「みんな、帰国したら新潟からまっすぐどこかの温泉にいくわよ。刑事部長への報告なんて、温泉からでたくさんだからね。だれか異議のある者は？」

そんなヤボな者はひとりもいない。


ほどなく、装甲車は、九名の日本人、二名のフランス人、一名のロシア人、五名のエベンキ族を満載し、とりあえずヘリを駐機させた場所へ向けて、タマラの操縦で、えっちらおっちら難路を走り出した。

主要参考資料（出版社五十音順）

アムール　中ソ国境を駆ける　研文出版

新シベリア紀行　合同出版

歴史を翻弄した黒偉人　彩図社

シベリア漂流　新潮社

シベリア大冒険　東京新聞出版局

大陸横断鉄道の旅　トラベルジャーナル

環日本海経済圏　日本経済新聞社

シベリア横断鉄道　日本放送出版協会

中ソ国境　日本放送出版協会

ソビエト大横断一万四千キロ　文藝春秋

ロシアン・マフィア　文藝春秋

極東　毎日新聞社

極東共和国の夢　未来社

●「**魔境の女王陛下**」は、いかがでしたか？
「魔境の女王陛下」についてのご意見・ご感想、および**田中芳樹**《たなかよしき》先生へのファンレターは、次のあて先にお寄せください。

〒112−8001　東京都文京区音羽2−12−21
講談社　文芸図書第三出版部
「魔境の女王陛下」係
または
「田中芳樹先生」

N.D.C.913　228p　18cm

定価はカバーに
表示してあります

魔境《まきょう》の女王陛下《じょおうへいか》　薬師寺涼子《やくしじりょうこ》の怪奇事件簿《かいきじけんぼ》

二〇一二年六月六日　第一刷発行

KODANSHA NOVELS

著者―田中芳樹《たなかよしき》

発行者―鈴木　哲

発行所―株式会社講談社

東京都文京区音羽二-一二-二一

郵便番号一一二-八〇〇一

編集部〇三-五三九五-三五〇六
販売部〇三-五三九五-五八一七
業務部〇三-五三九五-三六一五

印刷所―大日本印刷株式会社　製本所―大日本印刷株式会社

ISBN978-4-06-182811-7

書下ろし 長編伝奇

イラストレーション／天野喜孝

創竜伝1〈超能力四兄弟《ドラゴン》〉
創竜伝2〈摩天楼の四兄弟《ドラゴン》〉
創竜伝3〈逆襲の四兄弟《ドラゴン》〉
創竜伝4〈四兄弟《ドラゴン》脱出行〉
創竜伝5〈蜃気楼都市《ミラージュ・シティ》〉
創竜伝6〈染血の夢《ブラッディ・ドリーム》〉
創竜伝7〈黄土のドラゴン〉
創竜伝8〈仙境のドラゴン〉
創竜伝9〈妖世紀のドラゴン〉
創竜伝10〈大英帝国最後の日〉
創竜伝11〈銀月王伝奇〉
創竜伝12〈竜王風雲録〉
創竜伝13〈噴火列島〉

中国 大河史劇

編訳／田中芳樹
イラストレーション／伊藤 勢

岳飛伝 一、青雲篇
岳飛伝 二、烽火篇
岳飛伝 三、風塵篇
岳飛伝 四、悲曲篇
岳飛伝 五、凱歌篇

異世界 ファンタジー

イラストレーション／高田明美

西風の戦記《ゼピュロシア・サーガ》

長編 ゴシック・ホラー

イラストレーション／ふくやまけいこ

夏の魔術
窓辺には夜の歌
白い迷宮
春の魔術

傑作 スペース オペラ

イラストレーション／杉光 登

DVD付き初回限定版

タイタニア
1〈疾風篇〉 2〈暴風篇〉 3〈旋風篇〉

MYSTERY LAND

少女コリンヌの 謎と冒険の旅

絵／鶴田謙二

ラインの虜囚